光文社文庫

文庫書下ろし／連作ファンタジー

ぶたぶたの食卓

矢崎存美《ありみ》

光　文　社

この作品は光文社文庫のために書下ろされました。

目次

十三年目の再会…… 5
嘘の効用…… 61
ここにいてくれる人…… 117
最後の夏休み…… 177
あとがき…… 226
解説　西澤保彦《にしざわやすひこ》…… 230

十三年目の再会

どうしてこの街を選んだかというと、祖母がここの話をよくしていたからだ。生まれは自分と同じはずだし、住んだこともないはず。でも、由香《ゆか》は小さい頃、よく聞いた。

「あの街はいいところだよ。昔、結婚する前によくおじいさんと公園へお花見をしに行ってたの」

電車を使えばそう遠くはないが、わざわざここまで来なくても、花見なら地元でもできただろう。確かにこの街の名所であるこの大きな公園には、何百本もの桜の木が植わっているが。

さぞかし咲いたら見事なんだろうな。葉桜を見上げて、小池《こいけ》由香は思う。この公園へ、桜の季節に来られなかったのがちょっとくやしかった。その頃は引っ越しの真っ最中で、花見どころではなかったのだ。

引っ越してそろそろ二ヶ月になるが、ようやくこうして散歩をする余裕が出てきた。

知らない街、初めての一人暮らし、憶《おぼ》えなくてはならない仕事――山ほどすることを抱えて毎日を過ごしている。まだまだ半人前だが、最初の頃の緊張が少しずつほぐれかけてきていた。

幸い入った会社は小さいが故、アットホームな雰囲気で、たった一人の新入社員の由香を気遣《きづか》ってくれる。叱《しか》られることももちろんあるが、社員全員で飲みに行ったり食事をしたりするのも楽しかった。

この桜の下で、祖父母はデートをしていたのだ。祖父は写真でしか知らないが、けっこうかっこいい人だった。ちょっとうらやましい。彼氏ができたら、あたしもここを散歩しよう。

自分のアパートから公園までは少し距離がある。でも、ちょうどいい散歩コースだった。今度は本を持ってきて、のんびり読書でもしようかな。

由香が住んでいる東京のはずれのこの街は、交通の便がとてもいいターミナル駅なのだが、街自体の雰囲気は下町そのものだった。長いアーケード商店街や、小さな個人経営の飲食店などがたくさんあり、老舗《しにせ》や有名な店も少なくない。おいしい店として雑誌に載っていたりする。なので、一人で入るには少々勇気がいるが、意外なことにどの店もとても安い。物価自体も低く、一人暮らしに優しい街なのだ。

今夜も思いがけず散歩が長引いてしまったので、外で食事をしようと思っていた。最近気に入っている小さな定食屋へ行こうか、と足が向いた時、その店に気づいた。

「開いてる——」

思わず声に出して言ってしまった。引っ越してからずっとシャッターが閉まっている状態しか見たことがなく、てっきりつぶれていると思っていた中華料理店にのれんがかかっていた。

〃中華　はしもと〃

餃子《ぎょうざ》がおいしい店だと雑誌に書いてあったから何度となく足を運んだのに、古い情報を載せるなんてひどい、と思っていた。

餃子——もう長いことおいしいものを食べていない。自分で作ればいいのだが、一人で黙々と作ってもあまり楽しくない。母と一緒におしゃべりしながら餡《あん》を練ったり皮を包むのが好きなのに。

でも、家の餃子はまた別物だ。おいしい店に行くのも、大好き。誰かが見つけてくると、家族三人で連れだって食べに行ったものだ。ここがおいしければ、両親が来た時に連れてこれる。

店構えは本当に昔ながらの中華料理店、という感じだった。大きな磨《す》りガラスの引き戸で、中が見えないものだから、また入るのを躊躇《ちゅうちょ》させる。それでも勇気を振り絞って、のれんをくぐった。

「いらっしゃい！」

威勢のいい声が響く。向かって右側に厨房とカウンター、左側にテーブル。思ったよりも広かったが、三脚ほど置かれているテーブルの間隔が大きいだけだろうか。

内装はごく普通——というより、古ぼけていた。レトロ、と言えば聞こえはいいが、もしかして開店当時から全然変わっていないのかもしれない。

お客はテーブルに二人とカウンターに二人。由香はカウンターのすみっこの方に座った。入るのに勇気を使い果たしてしまうので、「どうしよう」と思っても出る勇気はもう残っていないのだ。

三角巾をつけた中年女性が水を持ってきた。もちろん、ビールのロゴ入りのコップで。

「何にしましょ？」

由香は、壁に貼られた達筆のメニューを見て、

「ええと……焼き餃子とチャーハンをください」

二つ合わせても、千円でおつりが来る。値段はやっぱり良心的だ。はたちを超えてから餃子にはビール、と考えることも多くなったが――今日は我慢しよう。一人で食事をして手酌《てじゃく》でビールなんて、うーん……できそうだけど、今はまだ挑戦しなくていいや。

厨房では中年男性が一人で鍋を振っていた。多分、店主だろう。さっきの女性が女将《おかみ》さんで――夫婦だけでやっているらしい。

今風に言えばオープンキッチンなお店がこの街には多い。作りながら常連さんと話を交わすのだ。そういう状況に、由香はちょっとあこがれていた。一人で来て「いつもの」とか言ってみたい。そんなの、いつの日になることか。

餃子を焼くいい匂いがしてきた。お腹が急に空《す》いてくる。まもなく、

「はい、お待ちどう」

女将が餃子とチャーハンを同時に持ってきた。早いところもとてもいい。さっそく餃子をほおばる。酢と醤油と、自家製らしいラー油をひとたらし。やけどしそうだったが、餃子は熱いうちに食べたいのだ。

皮の焼き目のついたところはカリッとした歯ごたえ、あとはもちもちとした食感。餡

にもたっぷりの肉と野菜の甘みがあった。はふはふ言いながら、一気に二つ食べてしまう。うん、とってもおいしい！　ビールが欲しくなってくるではないか。

何だかうれしくなってきた。なかなかこんなおいしい餃子には出会えない。絶対に両親を連れてこなくちゃ。

三つ目の餃子を食べるかチャーハンを食べるか悩んで、とりあえず水で口の中を少し冷ます。そして、チャーハンをレンゲですくって口に入れた。

『え……？』

由香の手が止まる。

『え、何？』

もうひと口。

嘘……これ……食べたことある。

そんな、ここに入ったのは今日が初めてのはずだ。こんな名前の店は知らない。

由香は、咀嚼《そしゃく》しながらチャーハンを穴が開くほど見つめてみた。ごくごく普通だ。チャーシューとネギと玉子と……なるとも入っていたが、あと特別なものは見当たらないけど——いや違う。普通ではなかった。なぜなら、相当おいしいからだ。口に入れると香ばしく、玉子の味がちゃんとわかる。ごはんにパラッと油が回り、チャーシューも自家製だろうか、とても柔らかい。

食べたことがないほどおいしいのに——憶えがある、なつかしいって……どうしてだろう。

三口目で、由香は思い出した。これは……祖母のチャーハン？　小さい頃、残りご飯で祖母が作ってくれたチャーハンに、味がそっくりだった。

『何で？　どうして⁉』

食べながら、由香はそんな言葉をくり返していた。どうして中華料理店のチャーハンが、祖母のと同じ味なんだろう。なぜこんなにもなつかしい味なのか。

そもそも祖母が作ってくれたチャーハンの具は、玉子だけだったのだ。チャーシューはもちろん、ネギすら入っていない。こんなにご飯がパラリともしていない。多分炒めたご飯に玉子を絡めて醬油で味つけ、という簡単なものだったのだろう。食の細い子供だった由香のために、よく朝作ってくれた。そのチャーハンならば、ご飯二膳分くらいは平気で食べられたのだ。由香は、祖母のチャーハンが本当に大好きだったから。

涙があふれそうになった。急いで残りを食べ終え、顔を伏せたままお金を払って、店を出る。

おばあちゃん――。

もう十三年前に死んでしまった祖母のことを思うと、少し悲しくなる。由香は、小学一年生から二年生までの二年間、祖母と二人で暮らしていた。両親が離婚寸前までこじれ、母が一人で実家に戻ってしまったのだ。父は家事もままならず、結局自分の母である祖母に由香を預けた。

当時は小さくて何もわからなかったが、最近噂好きな親戚に聞かされたところによると、当時、両親それぞれに恋人がいたそうだ。二年かかって結局元の鞘《さや》に収まったが、今の仲の良い両親を見ているとそんなことがあったとは信じられない。

祖母は由香と別れたあと、伯父の家に住むようになったが、遠方だったので、めったに会えなくなった。そして二年後、ガンで入院し、そのまま還《かえ》らぬ人となる。もう一度、大好きなチャーハンを作ってもらうこともないまま。

こんなところで同じ味に会えるとは思わなかった。偶然だろうが、それでもうれしかった。たった二年だったが、祖母と暮らした日々を思い出すと、切なくも優しい気持ちに包まれる。それまでけんかの絶えない両親の姿を見ていただけに、祖母の温かい視線や細やかな心遣いは、幼いながらもしっかり心に刻まれていた。

お墓参りに行かなくちゃ。もうどのくらい行っていないだろう。ゴールデンウィークに帰れなかったから、お盆には絶対に帰ろう。一人で行けるように、ちゃんとお寺の場所を憶えておかなくちゃ。


その日の夜、母から電話がかかってきた。

「夏休みには帰ってくるの？」

何とも気の早い質問に苦笑する。

「帰るよ。おばあちゃんのお墓参りがしたいから」

「あら、珍しい。あんたがそんなことを言うなんて」

「そりゃあたしだってたまにはね」

由香は、さっきの出来事を母に話して聞かせた。

「おばあちゃんのチャーハンなんて食べたことないわ」

「お父さんは食べたことあるんじゃない？」

電話口から母が父にたずねている声が聞こえたが、

「食べたことないって」

「えー、そんなあ」

息子なのに。

「由香は特別に大切にされたからね」

「けど、残りご飯の奴だし」

そんな特別というほどのものではないと思うのだが。

「誰かに料理するのがうれしかったんじゃないの？　おじいちゃんが亡くなってから一人だったし、伯父さんとこじゃ台所に入れてもらえなかったらしいしね」

「えー、そうなんだ……」

伯父宅での祖母のことを耳にするのは初めてだった。

「そうよ。伯父さんとしては、のんびり好きなことしてればいいって思ってのことだったんだろうけど、

『お客さんみたいでいやだ』

って言ってたんだって。折り合いが悪いってほどではなかったらしいけど、なじめなかったみたい。知らない土地だったし、友だちやうちとも離れちゃったしね。面倒見る

ほど小さな子供もいなかったし」

伯父はいい人だし、由香も好きだ。祖母に冷たい仕打ちをしたわけではないようだが、初めて聞くことだったので、とてもショックを受ける。全然知らなかった。おばあちゃん……一人で淋しかったのかも。

「そういえば、家出騒ぎもあったわね」

「家出⁉ おばあちゃんが？」

そんな大胆なことまで⁉

「そう、一週間も。どこ探してもいなくて。でも、ひょっこり戻ってきてね。そのあとすぐに入院しちゃったの」

祖母の家出？ ——それって、もしかして……。

由香は自分の思いつきを突飛《とっぴ》なことと考えつつ、口にしてみた。

「ねえ、ここら辺って探したの？」

「え、ここら辺って、由香が今住んでるとこ？」

「うん」

だってここは祖母の思い出の地だ。「いつか桜の頃、一緒に行こうね」——そう由香と話していたことがある。

「何でそんなとこ探すの？　東京まで行くわけないじゃない」

知らないのだろうか。

「お父さんにも訊《き》いて」

母はぶつぶつ言いながらもたずねてくれたが、父もこの街と祖母の結びつきを知らないと答えた。

電話を切ったあと、由香はよく考えたが——どうしても、祖母がこの街に来たという思いつきが頭を離れない。考えれば考えるほど、あのチャーハンは祖母のものに違いないと思えてならないのだ。

祖母が家出をしたのは、いつ頃だったのだろう。入院して、ひと月ほどで亡くなってしまい、お葬式は確か梅雨の頃だった。

おばあちゃんは、桜が見られたのかな。

それから、週に一度くらいのペースで〝はしもと〟に通った。行くと必ずチャーハンを注文する。ビールは——まだ注文する勇気が湧《わ》かない。でも、だんだんビールがおいしい季節に近づいていた。もっと暑くなったら、我慢できないかも。

　通っているのには、おいしいからだけではなく、もう一つ理由があった。チャーハンのことを訊いてみたいのだ。祖母のかもしれないし、そうではないかもしれない。偶然でもいいのだ、それがわかれば。

　だが、なかなかきっかけがつかめない。やっぱりお酒の力を借りないとだめかなあ、と思っていたある土曜日、店へ行くと、

「いつもので？」

　と女将が言ってくれた。やった！　顔を憶えてもらったのだ。この機会を逃してはならない。チャーハンを持ってきてくれた女将に、由香は勇《いさ》んでたずねた。

「あの、このチャーハンって、どなたかに教わったりしませんでした？」

　飲食店に対してとてもぶしつけだとは思ったが、どうたずねればいいのかわからず、こう言うしかなかった。けれど言ってから気づく。おいしいからレシピを教えてくれと言えばよかったのだ。どうしてこう、要領が悪いのか。

　ところが女将は、

「ええ、お客さんが教えてくれたんですよ」

そうにこにこと答えた。

「え、ほんとですか？」

「ええ」

「あの……とってもおいしいので、作り方を教えてほしいんです」

「あら、じゃあ——その教えてくれたお客さんがもうすぐ来ますから、直接訊いてみたらいかがでしょ？」

「……えっ⁉」

まさか。……おばあちゃんが。生きてる⁉

「どんな人なんですか？」

とたずねても、女将は「ふふ」と含み笑いをし、

「まあ、もうちょっとたてばわかりますよ」

教えてくれなかった。どういうこと……あたしのこと、もしかして知ってるの？　そんな、まさか……。

ドキドキして待つこと、十五分くらいだっただろうか。引き戸が開く音がした。ぱっと振り向いたが、誰もいない。早めに来たので、お客は由香一人だ。気のせいだったの

いや、どういう店かどうかはわからないけど。

この間、会社の先輩にすすめられて、『異人たちとの夏』という映画DVDを借りて見たのだ。それのすき焼き屋のシーンを思い出した。あの時はちょっと感動して泣いてしまったが、実際に自分がそこにいるのかもと思うと——頭の中が真っ白になりそうだった。

いやそんな……いくら何でも想像力過多だよね。偶然見た映画を少しだけ彷彿《ほうふつ》させるだけなのに——。

「いらっしゃい!」

しかし、ご主人はそう呼びかける。ええー……誰もいないのに。

「こんばんは、久しぶり」

店主でも誰でもない男性の声がした。もちろん女将でも由香でもない。

「今日は一人?」

「うん、みんなアニメ映画の試写が当たって出かけたの。夕飯は外ですますって」

「じゃあ、いつもの？」

「頼みます」

そんな会話を交わされたのち、由香の隣の隣の席に、ぴょんと小さなものが飛び乗ってきた。

どう見てもぶたのぬいぐるみだった。薄ピンク色のバレーボールくらいの大きさで、右側がそっくり返った大きな耳と突き出た鼻。手足の先は濃いピンク色をしている。しっぽもちゃんとついていて、しかもぎゅっと結んである。

どうしよう、目が離せない。かわいいんだけど、今これ、椅子に自力で飛び乗ったように見えた……そんなバカな。

女将が、瓶ビールとコップと、小脇に何かはさんでやってきた。ビールとコップをカウンターに置き、小脇にはさんでいたものをぬいぐるみの下に置いた。ぶ厚い座布団だ。こうすると、高さがちょうどよくなる。

女将はビールをコップに注ぎながら、

「ぶたぶたさん、こちらのお客さんが、チャーハンの作り方を教えてほしいって」

「え、そうなの？」

そう言うと、ぬいぐるみがやっぱり自力でこっちを向いた。こっくりと首を揺らした
が、それって……会釈《えしゃく》？

「ここのチャーハン、おいしいでしょう？」

声とともに鼻がもくもく動く。

由香は返事もできず――それでも何か言わなくちゃ、と思っていた。これだけは確かめなくては。

「……おばあちゃん？」

このぬいぐるみに、祖母の霊が乗り移っているのかも……。

「え？　僕のこと？」

しかしその声は、どう聞いてもおじさんで……そうだ、と言われても、「違う！」と否定してしまいそうだった。

「いえその……そういうんじゃなくて……」

うまくごまかせなくて、しどろもどろになる。なぜぬいぐるみ相手にこんなにあわてているのか、何だかもう……わけがわからなくて、

「あの……チャーハンの作り方、教えてください……」

結局こう言うしかなかった。

「いいですよ」

ぶたのぬいぐるみは、そう言うとにっこり笑った。いや、笑っているように見えた。

「あら」

女将が拍子抜けしたような声を出す。

「あんまり驚いてないみたいね」

驚いてるよ！　と大声で突っ込みたかったが、かろうじてこらえた。そうか、それがやりたかったのか。お客の驚く顔を見るのが楽しみなのね。それはよかった。驚きと混乱が同時に襲ってきたもので、突き抜けて表に出にくくなったらしい。

よし。ここは一つ。

「すみません、ビール、あたしにもください」

そう言ったと同時に、ぬいぐるみの前に焼き餃子が置かれた。

「餃子も、ください」

「あ、じゃあ一緒に食べましょう。どうぞどうぞ」

ぬいぐるみが皿を動かした。うおおっ、生きてるっ。その時、ようやく由香は思った。

どうやら霊が乗り移っているわけではないらしい。祖母の面影はそこにはみじんもなかった。

コップだけが由香の前に置かれ、ぬいぐるみが座布団の上に立って、お酌をしてくれた。ちょっと不安定ではないだろうか。危なっかしい——と思っているうちに、お酌が終わってしまった。あわあわしながら「すみません……」とつぶやき、由香がコップを持つと、

「じゃあ、乾杯」

ぬいぐるみがかちんとコップのふちを合わせる。そのまま身体を反らせ、ごくごくとどこにあるのかわからない口でもって、ビールを一気に半分飲む。

「あー、ビールのおいしい季節になってきたねー」

「そうだよねー」

女将と楽しそうに言葉を交わす。布に泡がついていた。あのあたりが口らしい。

えいっ。もういいやっ。

由香も負けじと全部を一気に飲み干した。うー、胸がどきどきする。しかも、味がわからない。炭酸だけが喉《のど》を刺激したみたい。

「いい飲みっぷりだねえ」

店主がうれしそうに言う。ぬいぐるみは手でぽすぽすと音を立てていた。あれは——拍手ってことか。

ぬいぐるみの名前は山崎《やまざき》ぶたぶたと言った。

そう自己紹介した時には、由香はもうビールを一本飲み干していた。少しアルコールが回って、気分が落ち着いてきた。

しかし、ぬいぐるみ——ぶたぶたが焼きたての餃子をふーふーもせずに食べているのを見て、またとても驚いてしまう。

「あ、僕、猫舌じゃないんで」

そりゃぶただもの。

「ぬいぐるみだもんなー、熱いの平気だよ」

「火にはちょっと弱いけどね」

そう言いながら、また餃子をパクリ。

「あ、酢豚くれるかな？」

「はいよ」

酢豚⁉　悪い冗談としか思えない……みんなグルでしょ？　あたしをどうにかしようと思ってるでしょ⁉

「酢豚ね、ここのメニューの中ではずば抜けて値段が高いんですよ」

濃いピンク色の手を伸ばして、壁を指す。あ、ほんとだ。庶民的な値段の中に、酢豚だけ異色だった。

「けどおいしいから。これでこの値段なら、安いくらい」

でも、熱いものばかり好きなんだなー。猫舌じゃないからか。

「このご近所の方なんですか？」

ぽかんとメニューを見上げる由香に、ぶたぶたはたずねる。

「……そうです。西口の方なんですけど」

〝はしもと〟は駅の東口側にある。

「住んで長いんですか？」

「いいえ、三月に引っ越してきたばかりです」

「そうなんですか。それでこの店を見つけるとは」

「偶然です。雑誌にも載ってましたけど、開いている時に当たらなくて――」

「ああ、今年の頭から夫婦そろってちょっと調子悪くて、それでしばらく閉めてたんですよ」

と女将が話に加わるまで、ぶたぶたと二人、ビールと餃子と食べかけのチャーハンをはさんで普通に会話をしていたのだ。何だかすごい状況。

「何とか調子戻ったんで、夜だけ開けるようにしたんですけどね」

どうも由香は、いいタイミングで引っ越してきたみたいだった。ここが開いていなければ、あのチャーハンは食べられなかったんだから。

「あ、それで、チャーハンの作り方ですよね？」

「それなんですけど――」

由香が言いかけた時、熱々の酢豚がやってきた。

「あ、冷めないうちにどうぞ」

「え、そんないいです」

ぬいぐるみだからって遠慮せずに食べるわけにはいかない。ずば抜けて高いのに。

「ひと口だけでも。おいしいですから」

ぶたぶたが皿を押しやる。確かにおいしそうだ。こんがりと揚がった豚肉としゃきっとした野菜、甘酸っぱい香り——ちなみにパイナップルは入っていなかった。

女将が小皿を持ってきてくれる。

「じゃあひと口、いただきます」

結局誘惑に負けて、豚肉とピーマンとにんじんを小皿にとった。うわ、もうすごく熱い。猫舌というほどではないけれども、やけど覚悟の熱さだ。

肉を噛むと、油と肉汁《にくじゅう》がじゅっと口の中に溶け出した。ううう、やっぱりやけどだ……でも、おいしい。まだ衣のカリカリ感が残っているところとあんかけがなじんでいるところ、両方楽しめる。甘さと酸っぱさはしつこくもくどくもなく、肉はふんわりと柔らかい。野菜もしゃっきりしているが硬くなく、口に入れると香りが広がる。

確かに酢豚なのだが、かなりこれは高級な味の料理になっているような気がする。でも、妙に上品でもないのだ。これが下町の味？　新興住宅地と昔ながらの農家が混在する田舎育ちのせいか、実は下町ってよくわからないのだけれども。

「おいしい」

「でしょう？」

自分が作ったわけでもないのに、何だか自慢げなぶたぶたがおかしい。

「ビールいかがですか？」

「あ、いただきます」

ぶたぶたはどうやっているのかわからないけれども、しっかりと瓶を持ってお酌をしてくれる。今度こそ由香もお返し。何だかだんだん慣れてきた。酔ってきたせいかもしれないが。

「若い女の子が一人でこういう店に入るのって、勇気いるでしょう？」

店主が言う。

「最初はそうでしたけど……田舎だとそういうことあまりできなかったんで、今はけっこう楽しいです」

するとと女将が、

「入っちゃうとけっこう平気なのよね」

「お前は若くないから関係ないよ」

「何言ってんの。おしゃれなカフェに入るのなんて大変なんだからね！」

「そんなとこ入んなくていいよ！　だいたいそんな店、この街にありゃしない」

店主と女将のテンポのいい掛け合いを聞いて、確かにおしゃれなカフェはないなあ、と思う。でも、どうしてもあってほしいとは思わない。こういう店の方がこの街には似合うし、必要なんじゃないだろうか。

「どこ出身なんですか?」

田舎の町の名を答えると、ぶたぶたはちょっと首を傾《かし》げた。

「あ、そうだ、チャーハン——」

「よお、ぶたぶたさん!」

今までぶたぶたと由香しかいなかったのに、突然お客がどやどやと入ってきた。主におじさんばかりの人たちの声をかける順番が、1、ぶたぶた、2、女将、3、店主というのがおかしくて、由香は笑いをこらえる。

「久しぶりー」

ぶたぶたはみんなに返事をするのが忙しい。あっという間に囲まれてしまった。というか、持ち去られてしまった。テーブル席にいつの間にか移っている。

どうしよう。これじゃチャーハンのことを訊けない……。

「ごめんね、ぶたぶたさん、あっちに持ってかれちゃったね」

女将がカウンターの中から声をかけてくれた。とても忙しそうだ。

「また来ます」

少し心残りだったが、食べかけのチャーハンを急いでたいらげ、由香は立ち上がった。

「ぶたぶたさんは、仕事帰りに持ち帰りの餃子を買って帰ったりすることが多いから、比較的早い時間に来れば会えるよ」

店主が言う。

「今日のはぶたぶたさんにつけとくから」

「え、そんなの悪いです……」

「気になるようなら、今度ぶたぶたさんに直接返せばいいじゃない？　チャーハンのこと訊かなくちゃだし」

女将はそう言ってにこにこ笑った。

「じゃあ、ぶたぶたさんに払います」

ビールと餃子の分も。

「ごちそうさまでした」

そう言って由香がのれんをくぐると、後ろから「ごめんねー」と言っているのが聞こ

えた。振り向くと、おじさんの輪の中から、

「今度教えるから！」

と叫んでいるぶたぶたが見えたので、由香は手を振って店の外に出た。

お腹の中は、ビールと餃子でいっぱいだった。頭の中にも疑問符や感嘆符がいっぱい。考えようにも全然まとまらない。家に帰って眠ってしまったら忘れてしまうのではないか、とそれだけが心配だ。本当に頭の中が真っ白になりそうだった。


幸いにも忘れることはなかったが――それからしばらく忙しくて、〝はしもと〟には行けなかった。毎晩終電近くで帰宅し、夕飯は会社でお弁当か、帰りにコンビニに寄るか――アパートに着くと、風呂に入ってすぐに眠ってしまう。週末も洗濯や掃除、買い物などで一日が終わり、あとは疲れをとるために寝てばかり。早くお金を返さないと、と思いつつ、なかなか〝はしもと〟に足が向かなかった。あれを夢にしないためにも、もう一度会わなければ。それに、チャーハンの作り方、教えてもらわなくちゃ。

ようやく落ち着いてきたのは、二週間ほどたった頃だった。睡眠時間がまともになってきたので、休みの土曜日、早起きをして家事をすませ、昼過ぎに買い物へ出た。

今夜は〝はしもと〟へ夕飯を食べに行こう。ぶたぶたが来なくても、とりあえずお金を預けておけばいい。久しぶりに餃子とチャーハン、それからビールも飲んじゃおうかな。

そう思いながらぷらぷら歩いていると、道路の反対側にぶたぶたの姿を見つけた。どうして今まで見つけられなかったんだろう、と思ったが……本当に注意深く見なければ、見逃すくらい小さいのだ。もし見かけたとしても、まさか歩いているとは思わないから、やっぱり気づかない確率が高い。すごく近くで目撃するか、かなり注意深い人で、何かきっかけがないとわからないだろう。

由香は道を渡って、ぶたぶたの後ろ姿を追いかけた。どこに行くんだろう——ちょっとあとをつけたい、という気分にもなったが、お金を返さなくてはならない。はっ、そうだ！　自分は、ぬいぐるみに借金をしている！　何という状況だろう。

それはそうと、どう声をかけたらいいものか——いや、普通でいいのだけれど、その勇気がまた湧きにくい。一人で小さなお店に入るよりもずっと。というか、種類がまったく違うような気がする。

「ぶたぶたさん！」

ようやく声が出たのは、ぶたぶたのすぐ後ろまで近づいてからだった。あ、これでよかったんだ。そんな遠くからわざわざ大声を張り上げる必要もなかった。単に話しかけるだけでいいんだ。小さいから何だか大声で呼びたくなったのか、それとも大声で呼ばなければ消えてしまうかも、とでも思ったのか——。

ぶたぶたが振り向く。由香の声に初めて彼の存在に気づいた人もいるようだった。びっくりした顔をして、振り向いたまま、前に歩いていく。危ない——と思っていると、人とぶつかって、買い物袋を落とした。何だか妙な罪悪感を感じる。

「あ、この間の——」

ぶたぶたはにこっと笑い、軽く頭を下げたが、同時に鼻をぷにぷにと押している。何かを思い出しているようでもあった。

「お名前聞いてなかったですね」

「そうでしたっけ」

そうかもしれない。教えた記憶もなかった。

「小池由香です」

「小池——由香さん」

くり返すように、ぶたぶたは言う。

「この間はごちそうさまでした」

由香は忘れないうちにお礼を言った。

「あ、いえいえ、こちらこそちゃんと教えられなくて」

「それより、お金を返さないと」

「お金？」

「この間の餃子とかビールの。しばらくお店にも行けなくて、気になっていたんですけど……」

「ああー、あれはね、あのあと一緒に飲んだ人たちと割り勘にしちゃって、一緒に払っちゃったから、大丈夫だよ」

「ええーっ」

そんなー。それじゃ誰にお金を払えばいいのだ。

「いくらだかもう、わかんないしね。気にしないで」

「だいたいでも払います……」

「いいから。あの日にチャーハンのレシピを教えられなかったおわびとして」

「悪いですよー」

「いいんだよ。大人の言うことは聞くものです」

と、ぶたぶたに言われてもあまり説得力はないが、これ以上だだをこねても彼の面子《メンツ》をつぶしてしまいそうだ。由香は、渋々うなずく。

「また〝はしもと〟で食べてくれればいいからね」

「はい」

その時、自分たちが道の真ん中でしゃべっているのに気がついた。ぶたぶたが通りがかりの人に踏んづけられそうになってわかったのだ。その人から見れば、由香は邪魔なところに立って、独り言を言っている危ない女である。

「あ、あそこに座ろうか」

道端に空いているベンチがあったので、二人で座る。

ちょこんとベンチに座ったぶたぶたは、とてもかわいかった。ちょっとうれしくなるが、通りすがりの人は、由香がぬいぐるみを置いている、と思うのだろう。そう考えると、複雑な気分だ。

「どこかに行く途中だったの？」

「買い物に行こうと思ってて。ぶたぶたさんは？」

「僕は、本屋さんにでも行こうかと。家族がみんな昼寝しちゃってて、ヒマだったもんだから」

「家族⁉」

ぬいぐるみのお父さんとお母さんがぼんっと浮かぶ。そんなに生きたぬいぐるみがこの街にはいるんだ——。あ、でもこの前会った時、

「みんなアニメ映画に行ってる」

とか言っていた……。ということは、子供がいるってこと？　ぶたぶたよりもさらに小さいの⁉　絶対に踏んづけられるだろうに……。

「そうだ、ヒマなら散歩でもしませんか？」

ぶたぶたが言う。

「いいですよ」

何だか楽しそう。

「おいしいお店とか教えてください」

ぶたぶたはそういうところをたくさん知っていそうだ。

「まかせて」

胸をぽむと叩いて、ぶたぶたはベンチから飛び降りた。


坂の上の洋食店、路地の奥の小さな商店街、住宅街の中の和菓子屋、人なつこい野良猫のいる寺や神社——由香が一度も行ったことのない場所ばかり、ぶたぶたは連れていってくれた。駅と自分のアパートを中心にして、少しの範囲でしか行動していなかったのがよくわかる。

「一番遠くまで歩いて行ったところって、どこ?」

そうたずねられて、例の公園の名を答えた。

「どうしてそこに行こうと思ったの?」

「祖母がその公園に行ったことがあるって言ってたから。昔、祖父と一緒に、結婚する前に。だから、東京に住む時はあたしもここにしようと思ったんです」

「じゃあ、そこへ行ってみましょうか」

ぶたぶたが言う。

「そうですね」

　ここからだったらすぐ近くだ。見憶えのある通りだった。

　公園には緑が萌えていた。ツツジがまだ残っていたが、そろそろ木陰《こかげ》に集《つど》うのが気持ちいい季節になってきた。ベンチで本を読む人、芝生でうとうとする人、そぞろ歩きのカップルも目につく。

　奥まで歩くと、中でちょっとした軽食が食べられる茶店のようなところがあった。この間来た時には気づかなかった。

「ソフトクリーム、おいしいですよ。ここの売店」

「あっ！」

　由香の大声にぶたぶたの足が止まる。

「あたしが買います！」

　断固として言い放つと、ぶたぶたは苦笑しつつ戻ってくる。由香は売店でソフトクリームを二つ買った。けっこう大きい。

　しかしぶたぶたは食べられるんだろうか。いや……餃子やビール飲んでてソフトクリーム食べられないって、妙な疑問だ。多分何でも食べられるんだろうが――その、どこに行ってしまうのかってことで。

二人でベンチに座ってソフトクリームを食べる。味はごく普通のソフトクリームではあったけれども、口溶けがすごくいい。なめらかで、しかもけっこう甘い。このくらいの甘さの方が、後味がよかった。猛暑の中で食べるとすぐに溶けてしまいそうだから、これくらいの陽気が一番食べ頃なんだろうな、と由香は思う。

ぶたぶたは舌で舐《な》めていなかった。かじるように食べているようだが――どうもソフトクリームを鼻のしたに押しつけているようにしか見えない。だが、そんなに汚れているようにも見えず――いったいどうなっているんだろう。

と、自分で食べるのも忘れて見入っていると、突然ぶたぶたが言った。

「由香さんのおばあさんって、もしかして小池信江《のぶえ》さんって名前じゃない？」

「……えっ⁉」

おばあちゃん、としか普段呼ばないから、一瞬言葉に詰まったが――なぜその名前を知っているの？

「そうですけど……」

「あー、やっぱり。そうか、信江さんのお孫さんなんだね」

ぶたぶたは、コーンをパリパリとおいしそうにかじり始めた。由香も急いでソフトクリームを舐める。

「信江さんは、どうなさってるの？」

由香のソフトクリームがあらかたなくなるのを待っていたかのように、ぶたぶたはたずねる。

「あの……十三年前に死にました」

「え……」

ぶたぶたは絶句《ぜっく》したようだった。小さな点目を精一杯見開いているように見える。

「そうか……便りがないのは元気だからだとばかり……」

「知ってるんですか、祖母を⁉」

「うん……ほんの少しのご縁だったんだけど」

ぶたぶたは、由香の手からコーンの包み紙を取り、ゴミ箱に捨ててくれた。

「祖母は、死ぬ三ヶ月くらい前に家出をしたそうです。一週間ほど」

「一週間……そうだね。それくらいのご縁だった」

「春でしたか？」

「うん、桜が咲いていたね。散《ち》り際《ぎわ》だったかな？」

やはり祖母は、ここに桜を見に来たのだ。

「こっち来て」

ぶたぶたはベンチから降り、さっき歩いてきた小道をまた戻っていく。葉桜の下のベンチを指さして、

「多分そのベンチだと思うんだけど、そこに信江さんは座っててね」

と言った。二人でそこに座る。

「僕は仕事帰りで、忙しくて花見もできなかったから、せめて夜桜だけでも見物しようとこの公園を通り抜けていたんだ。週末にはライトも点くけど、平日は薄暗くて閑散《かんさん》としていてね。けど、月の明るい夜だったし、風もあったから、桜吹雪がそりゃあ見事だった」

それを信江さんは、ここで一人で見上げていたんだ」

ぶたぶたが言ったとおりに見上げてみる。葉桜が揺れているだけだった。

「最初目をつぶっているように見えたから、居眠りしているのかと思って声をかけたんだ。割と寒い夜だったからね。でも、そしたらすぐに目を開けて、僕を見てびっくりしていたよ」

そりゃあ、誰だってびっくりするだろう。ましてや薄暗く人影のない公園では、人間

に声をかけられても驚く。

「けどそのあとは、ここに一緒に座って桜を見たよ」

今みたいに座って、か。

「今は平日でも毎晩ライトアップされるし、たいてい誰かしら夜桜で宴会してるから騒がしいけど、あの頃は昼間の花見もけっこう静かでね。信江さんも昼頃からずっとここに座ってるって言ってた。そろそろ帰らなきゃ帰らなきゃ、と思いながら、あんまりにも桜がきれいだったから、立ち上がれなかったって。

でも本当は、立ち上がれなくなってたんだよね」

「え、どういうこと？」

「風邪をひいて、熱を出してたんだよ。立ち上がったらよろけて、歩けないほどだった。僕はその頃、このすぐ近くのアパートに住んでいたから、とりあえず何とか支えて、連れていったんだ」

どうやって支えて、というのはこの際置いておいて――一人でこのベンチに座り、熱を出していたという祖母のことを考えるとかわいそうでならなかった。あたしはその時、何をしていたんだろう。学校の友だちと遊んでばかりで、祖母のことを忘れていた。大切に育ててくれた人なのに——。

「次の日の夕方くらいに熱が下がったんだけど、僕のことを幻だと思ってたみたいだね。起きた時に、またかなりびっくりしてた」

気持ちはよくわかる。違う世界に来たと思ったかもしれない。そう考えると、悲しいけど、ちょっとおかしい。

「でもその時はね、『帰る』って言ってたんだよ」

「そうなんですか？」

「無断外泊をしてしまったことに、相当あわててたみたいだったけど、まだ身体が動かなかったんだよね。家に連絡するように言ったけど、気まずいって言ってた。何か事情があるのかな、と思って、それ以上無理強いはしなかったけど——おうちの方ではやっぱり大騒ぎだったの？」

「いろんなとこを探したらしいです。でも、この公園のことを知ってる人はいなかったみたい。聞いてたのはあたしだけ。けど、あたしはまだ子供だったから、知らなくて」

祖母は、父に言わせると「忙しい人」だったという。働き者で、祖父を支え、父たち五人の子供を育て上げた。そんなにゆっくりのんびりと話をする時間など、若い頃から持てなかったのかもしれない。でも由香と暮らしたあの二年間にだけは、そんな時間が流れていたように思う。

あたしも、そう思っているから。

「そうだったのか。悪いことをしたね」

「ぶたぶたさんのせいじゃないですよ」

「いや、引き留めたみたいになっちゃって。

『風邪が治るまで無理に帰らなくてもいいんじゃないですか』

なんてしたり顔で言ってたなあ――」

ぶたぶたは頭をかくような仕草をした。

「祖母の風邪はすぐによくなったんですか？」

入院の原因はガンなので、風邪とは関係ないと思うが、もう手遅れだったというから、身体はすでに弱っていたのかもしれない。

「うん。その次の朝に起きたら、元気になってたよ」

「でも結局、すぐには帰らなかったんですね？」

「そうです」

自分がもし祖母と同じ立場だったら、どうしていたろう。もう少しこのぬいぐるみと一緒にいたい、と思うかもしれない。小さい身体で精一杯動いて、ちゃんと看病してくれたんだろう。何かお返しをしてから帰りたい、と祖母はきっと思ったのだ。

「ずっとぶたぶたさんの家にいたんですか?」

「そう。僕はその頃、一人で暮らしていたからね」

十三年前も、このままだったんだろうか。それとも、もっと小さかったのか。今は大人だと思えるが、その頃はどうだったのか——あ。一人暮らしだったということは、その十三年の間に、家族ができたということだ。それもどんないきさつだったのか知りたいと思ったが、今はまず祖母のことが先。

「掃除してくれたり、食事作ってくれたりしたよ。昨日まで熱出てたんだから、無理しないでって言ったけど、

『動けるのがうれしいの』

って言ってた。

桜がまだ咲いていたから、ここに来て、いろいろなことをしゃべったよ。でも、主な話は由香さんのことばかりだったなあ」

「え、あたし？」

思いがけない言葉に、驚く。

「由香さんとは知り合ったばかりだけど——信江さんを通じて、小さい頃どんな子供だったか知ってるよ」

「おばあちゃん、何て言ってたの？」

「強い子だって。淋しさを隠して、いっしょうけんめい明るく笑ってたって」

祖母の声が、聞こえるようだった。

「——どうしてあたしが淋しいって……」

「それは信江さん、話さなかったな。けど、二人だけで二年間暮らしたって聞けば、多少は察することできるよ」

自分の記憶をたどってみると、そんなに淋しいとは思っていなかったようにも思う。祖母に預けられるまで、両親の間はすでにぎくしゃくしていたし、元々ほったらかされていたので、一人で過ごすことが苦ではなかったのだ。

祖母の家でも気ままに振る舞っていたと思うのだが——でも、何だかとっても楽しかったことだけはよく憶えている。夜はふとんの中で二人で絵本を見たり、休みの日にはお弁当を持って外でお昼を食べた。動物園や遊園地にも行った。自転車の乗り方を教えてくれたのも、花の名前を教えてくれたのも、初めて映画に連れていってくれたのも祖母だった。優しいだけでなく、悪いことをすれば謝るまで決して許してくれなかったし、食事や立ち居振る舞いのしつけも厳しかった。

でもそれももう、楽しい思い出の一つだ。

「『大変だったんですね』

って言ったら、

『私は、あの子が決して一人ではないと思えるようにしただけ』

そう言ってたよ」

ぶたぶたの言葉に由香は、祖母の家から両親の元へ戻る日の朝を思い出した。「行きたくない」と泣く由香を、

「大丈夫。もう淋しくないから。もしダメだったら、帰ってきてもいいよ」

そう何度もくり返して、送り出してくれた。最初の頃こそ祖母が恋しかったが、両親はまるで生まれ変わったように由香を大切にしてくれるようになった。両親と由香――家族三人の思い出は、そこから始まっているのだ。

それはもしかして、祖母の尽力があったからかもしれない。由香に淋しい思いをさせないようにしてくれたのと同時に、両親に子供ときちんと向き合うよう、説得をしてくれたのかもしれない。元通りになるかならないかは、祖母のことだから多分両親にまかせていたのだろうが、「子供のため」という建前の冷たい家庭に由香を戻すつもりはなかったはずだ。

「これからずっとおばあちゃんと暮らしてもいい？」

そんなことを訊かれて、由香は「うん」と答えた記憶がある。それもまた、祖母にとってはつらい答えだったのだろう。

小さかった由香があのまま——ほったらかされたままだったら、両親が離婚してもしなくても、今のこの前向きな落ち着いた気持ちで毎日過ごすことはできなかったに違いない。実家の父と母が笑顔で迎えてくれることが何よりもほっとするなんてことは、なかっただろう。

「だったら……おばあちゃん、伯父さんちで淋しかったのなら、うちに来ればよかったのに」

「僕もそう言ったよ。『何もしなくていい』って言われてて、かえって遠慮するばかりだって言ってたからね。

『そのお孫さんとまた一緒に暮らせないんですか』

って。そしたら、

『あのうちは、三人で暮らさなくちゃならないの。私が入っていったら、せっかくいっしょうけんめいやってる孫の親に悪いし、孫のためにもそれが一番いいの』」

由香は言葉を失った。

両親の家に戻って一年くらいは、まだ祖母との生活を思い出す機会が多かった。あまり会えなかったけれど、祖母と会えば無邪気に「またおばあちゃんちで暮らしたい」と言ったり、叱られると「おばあちゃんとこに帰る」と泣いたり。努力していた両親にしてみれば、それほど痛い言葉はなかっただろう。

でも——。

「おばあちゃんは、それでよかったのかな……」

「どうだろうね。それは本人にしかわからないことだし——でも、由香さんの話をしている時の信江さんは、いつも笑っていたよ。ほんとにうれしそうに見えた。由香さんが幸せなんだろうな、とその時思ったし、今もそう思う」

由香は何度もうなずく。そう。今のあたしは幸せだ。特別なものは何もないが、ありふれた毎日を幸せと思えるように育ててくれた祖母と、両親のおかげ。

「あんなおいしいチャーハンを食べて、育ったんだもん」

「やっぱり……あれはおばあちゃんが作ったものだったんですね」

祖母も幸せだったのかどうか、確かめるすべはもうないけれども——あのチャーハンをぶたぶたに作ってあげたこと、祖父との思い出を由香にしか話さなかったように、ぶたぶたとの一週間を誰にも話さずに逝《い》ってしまったこと——多分それは、祖母にとって大切な思い出だったからなのかもしれない。

人生の最後にぶたぶたと出会えたことを、祖母はきっと感謝している。由香が今、感謝をしているように。こんなふうに孫娘へ伝えてくれるとは、夢にも思っていなかっただろうが。

「〝はしもと〟のチャーハン、同じ味したでしょ？」

「そう。それでびっくりしたの」

「そのあと、しばらく〝はしもと〟で働いたことがあってね。たまたままかないであのチャーハンを作ってあげたら、すごく気に入って。二人でいろいろ考えて、店に出すも

「でも、作り方も材料も違いますよね？　それをどうしてお店で出そうと思ったんですか？」

「だって……おいしいじゃない」

きょとんとした顔でぶたぶたは言う。

「〝はしもと〟のご主人、言ってたよ。

『こっちの方がうまい。何だかわかんないけど、うまいんだ』

って」

「どうして？」

ぶたぶたは首を振る。

「もしかして、お母さんとかおばあちゃんとか——そういう人を思い出させるものなのかもしれないね」

ぶたぶたにお母さんはいるのだろうか。おばあちゃんは？　それを訊いてみたいと思うが、なぜだか言葉が出なかった。十三年前、ぶたぶたも一人だったのだ。ここでおばあちゃんと一緒に桜を見上げていた。

「レシピ、教えなくちゃね」

　ぶたぶたはベンチから飛び降りる。

「僕の家に来てください。作って食べさせてあげる」

「え、いいんですか？」

「うん。もう家族も目を覚ましているだろうしね」

　ぶたぶたの家は、マンションだった。小さなおもちゃの家のようなものを想像していたので、ちょっと拍子抜けする。

　しかも、玄関を開けると出てきたのは、小さな女の子たちだった。もちろん、人間の。小学生と幼稚園くらいの、かわいい女の子二人。

「お父さん、おかえりなさーい」

　お父さんと呼ばれるぶたぶたの方が、彼女たちよりずっと小さい。

「ただいま。お客さん連れてきたよ」

「わーい、こんにちはー」

　屈託なく由香を歓迎する彼女たちに、由香はどう返事をしたものか、と一瞬躊躇する。

さらにそこへ、立派な大人の女性も現れて――。

「チャーハンのレシピを教えてあげる約束してて」

「あら、そうなの？」

「信江さんのお孫さんの由香さん」

「まあ――それはそれは、いらっしゃいませ。山崎の家内です」

丁寧に頭を下げられて、由香の方が恐縮してしまう。

「お父さん、お腹空いたよ。何かおやつ作ってー」

お父さんをひきずって――じゃなくて、お父さんを手で引いて、子供たちは言う。そういえば、もう三時だ。

「じゃあ、信江さんチャーハン作るから」

「わーい、信江さんチャーハンだ！」

子供たちは部屋の奥の方へ走っていく。

「うちでは〝信江さんチャーハン〟って言ってるんだよ」

何だかくすぐったい感じがした。ここでそんなふうに呼ばれているなんて、祖母は想像しただろうか。

ダイニングテーブルに座るように促《うなが》され、由香は身を縮こまらせて座る。子供たちは隣の和室でお絵かきを始めた。ぶたぶたと奥さんは、冷蔵庫から材料を取り出す――と言っても、玉子と冷やごはんだけ。

奥さんが作るのかと思ったのだが、彼女は由香の隣に座る。ぶたぶたはコンロの脇の椅子にぴょんと飛び乗り、話し始めた。

「うちで作る場合は、信江さんオリジナルのレシピで。そっちの方が簡単な上においしいよ。ポイントは、このフライパン」

彼が布の手先で器用に持ち上げたのは、テフロン加工ではなく、きれいに油が引かれた重そうな鉄のフライパンだった。ああ、そうそう。祖母もこういうのを使っていた。どうして憶えているかというと、実は作ったチャーハンをフライパンのまま、食卓へ持ってきていたからだ。なかなかワイルドだが、それには理由があったとすぐわかる。

ぶたぶたはフライパンに油を引き、冷やごはんを炒め始めた。すごい、本当に作ってる！　ビールのお酌やソフトクリーム食べたぐらいで驚いていてはいけなかった。あの小さな身体で、いったいどこまで、どんなことができるんだろうか。

「まず、よくかき混ぜて炒める。それだけね。油もサラダ油でいいと思う。火は中火かなあ。信江さんが木べらを使っていたから、ずっとそれで炒めてるよ」

チャーハンを作るのなら、ごはんを切るように炒めて、ぱらつかせなくてはいけないのだろうが、そんな手間はかけていなかった。できないのではなく、していないだけ、というのもよくわかった。

その間に、奥さんが玉子を器に割り入れ、よく溶いておく。子供たちがお絵かきをやめて廊下に出ていった。

「炒まったかな、と思ったら、ごはん一杯につき玉子一個を入れて、またよく炒める」

時々ゆする手つきは慣れた感じだったが、作り方自体は誰にでもできるものだ。

「いいかな、と思ったら、醬油を適当に回し入れて」

醬油さしから一回しとちょっとたらして、またかき混ぜて、

「玉子が半熟のうちに火からおろします」

何だか料理の先生みたいだった。

ダイニングテーブルの鍋敷きの上にフライパンが置かれると、子供たちが待ちかまえていたように椅子に座った。

「手洗った？」

「洗ったよ！」

二人はぶたぶたに手を見せる。なるほど、さっき出ていったのは手を洗いに行ったのか。それだけこのチャーハンを楽しみにしているということ？

「じゃあ、まずこれを半分にして――」

「ああっ。それ、あたしもやりました！」

そう、そうやって木べらで二等分にして、一杯ずつよそって食べていた。つまり、二膳食べていたわけではなかったのだ。でもなぜ？　いっぺんに食べてもいいはずなのに。

「半分を今日は三等分して――」

小皿三つに分けられたチャーハンを前に、子供たちが、

「いただきまーす」

さっそく食べ始めようとすると、

「ちょっとお待ち。お客さまが先よ」

と奥さんが言う。

「さ、どうぞどうぞ」

「あ、はい……いただきます」

子供たちの羨望のまなざしを一身に浴びながら、由香はスプーンを取り、ひと口、口に入れる。

「あー……」

そうだ、この味。最初のひと口は、玉子がとろっととろける。毎朝食べていた味だ。でも、これは〝はしもと〟のチャーハンとは少し違う。どうして？

「お父さん、もういい？」

「ちょっと待ちなさい」

見ればもう、子供たちはすっかり一杯目を食べてしまっていた。由香もあわててたいらげる。

「じゃあ、二杯目ね」

いつの間にかならしてあったチャーハンを三等分にして、また小皿にとってくれる。

「おこげのとこがいい」

「今日はダメ。それはお客さんのもの」

おいしそうなきつね色の部分が、由香の小皿にはあった。それを口に入れると——。

「あ！」

醬油とおこげの香ばしさ、半熟から少し火の通った玉子の味が口の中で混ざり、〝はしもと〟のチャーハンと同じ味になった。由香の記憶の中の味だ。なつかしいおばあちゃんのチャーハンだ。

「鉄のフライパンじゃないと、二杯目が楽しめないんですよ」

ぶたぶたが言う。だから祖母は、フライパンのまま食卓に持ってきたのだ。二杯目がおいしいってわかっていたから。そのおいしさだけをそのまま再現したぶたぶたと〝はしもと〟のご主人はすごい、と改めて由香は思った。

「おいしいねー、信江さんチャーハン」

下の女の子が、にこにこ笑いながら由香に言う。

「うん、おいしいね」

由香も言う。祖母がずっとこうやって、祖父との思い出の街で生きている。そして、由香自身もここで生活をしている。

何もしてあげられなかったけど、あたしがこのチャーハンを作って、いつか自分の子供に食べさせてあげたら、おばあちゃんは喜ぶだろうか。

「わかった、レシピ?」

「わかりました」

思ったとおりだったけれども、いろいろな人の想いの詰まったレシピだ。

「どうもありがとうございます」

頭を下げると、ぽろっと涙がこぼれた。素早くぬぐって顔を上げ、にっこりと笑ってみた。ぶたぶたは、ちょっとだけ首を傾げたが、やがて同じように笑ってくれた。

ぶたぶたの家からの帰り道、由香は金物屋で鉄のフライパンを買った。帰ったら、さっそくレシピのおさらいしなきゃ。あ、その前にフライパンを焼かなきゃ。

母の日はお花を送った。父の日はもうすぐだ。何にしようと思っていたのだが——もしかしてうんと小さい頃だったから忘れているだけで、父もあのチャーハンを食べていたかもしれない。実家に帰って、作ってあげよう。

父の驚く顔を思い浮かべると、今度は自然に笑みが浮かんだ。

嘘の効用

習い事でもしようかな。

谷萩琢己《やはぎたくみ》がそう思い立ったのは、会社を辞め、ひと月近くたった頃——昼夜逆転の生活を少し戻そうと思い始めた頃だった。何もしていないとずるずると不規則になり、そこから抜け出せないような恐怖感を抱いてしまう。昼間何かしら用事があれば、朝起きるのではないだろうか。なまけ癖から抜け出せなくなる前に、何か考えてみなければ。

とはいえ、何から始めたらいいものか。会社を辞めたのだって、思いつきみたいなものだったのに。

大学を卒業して勤め始めてちょうど十年。がむしゃらに働いてきたけれど、何だか急にぷつんと緊張の糸が切れてしまったようになった。張り合いがない、惰性《だせい》で仕事をしている、手抜きばかりがだんだん上手くなる——それくらいでも何とか様《さま》になるということに気づいてしまったのだ。

これといった趣味もなく、仕事ばかりしていた十年で貯めた金は、一人暮らしにしてはそこそこある。今は恋人もいないし、もちろん結婚の予定もない。とても身軽な今のうちに、辞めて新しい道を探ってみるのもいいかもしれない――早ければ早いほど。普段ちゃらんぽらんなくせに、決断をする時は早い。琢己はあっさりと会社を辞めてしまった。それが先月のことだ。失業保険がもらえるうちはゆっくりしよう、と思っていたのだが、もう落ち着かなくなってきた。かと言って、どんな仕事をやりたいのか、それさえも考えていない。貧乏性なのか不真面目なのか、我ながらどっちなのか。

それで、習い事だ。とりあえず、四十の手習いということで。まだ三十二だが。

まずは近所のカルチャーセンターや区民会館に行ってパンフレットを集めてきた。ヨガ、ダンス、英会話、陶芸、絵画、俳句・短歌などの定番に混じって、ミステリ小説、フラワーアレンジメント、地元の史実研究、落款《らっかん》彫り、ホームページ作り――プロを呼んでの本格的な講座から、有志が集まっての同好会のようなものまで、習おうと思えば何でも習える。参加費も様々だ。資格を取るための勉強もできるし、思い切って学校へ入ってしまうのも手かも――と思ったが、どうも食指が動かない。多分、ほとんどの受講者が主婦を中心とした女性か、定年後の男性であろうし、昼間の講座に行けばなおさらだ。何となくそういう中に入っていってなじめるか、という不安があった。

別に詮索《せんさく》されてもかまわないのだが、割と会社の人間関係に疲れたところもあったので、無理をしそうなところに自ら飛び込んでもいいことがないように思えて仕方がないのだ。孤独に学ぶという手もあるが、そこまでまだ達観できていなかった。

まあ、焦《あせ》って決める必要もないか——と思ってあるスーパーへ買い物に行くと、そこの掲示板に英会話や講演の案内など、手書きのポスターが貼られているのに気がついた。

こういう小規模なのもあるんだ。

そう思って近所を歩いてみると、けっこう個人の住宅で教室をやっているのが多いのに気づく。十年この街に住んでいたのに、全然そんなこと、気づきもしなかった。新鮮な驚きだ。

とはいえ、いきなりいい歳をした知らない男が飛び込んで「習わせてください」と言っても、今のご時世では警戒されるだけだ。そこで、アパートと同じ敷地に住んでいる大家さんに相談してみる。昔からここら辺の地主で、顔の利く彼女の知り合いということなら、変な目で見られることはないだろう。

家賃をもう、半年先まで払ってあるせいもあったのか、大家さんは快く町内に話を回しておく、と言ってくれた。

散歩する時も近所の人と挨拶や会話をなるべく交わすようにしている。ただその会話の中に必ず出てくるのが、

「早くお仕事見つかるといいですね」

大家さんに「リストラされた」とか言い訳してしまったせいだろうか。嘘はやはりいけないことだ、と改めて思った。十年も社会で働いたのに、この考えなし、いきあたりばったりな性格は直らないものだ。

それから何日かのち――ようやく気になるものを見つけた。
〝男性のみの料理教室　実費のみ　年齢不問　未経験者歓迎〟
路地を少し入った家の門扉にそのポスターはひっそりと貼られていた。何だか新聞の求人広告のようなところもなじみやすい。「男性のため」ではなく「男性のみ」とわざわざ書いてあるところがちょっと変わっている。アパートからは歩いて七、八分ほどだし、通うのも楽だ。
お気軽にご相談ください、と書き添えてあったので、さっそくそこの家のチャイムを鳴らしてみる。インタホンから、「はーい」と女性の声が聞こえてきた。

「あの、表の料理教室のポスターを見たんですが——」

「あ、はい。ちょっとお待ちくださいね」

待っている間に、家を観察する。古いがしっかり手入れがされている木造の洋風住宅だった。玄関先のプランターには花が咲き乱れている。門扉のペンキはつい最近塗り直したような感じだ。表札には「横手《よこて》」。

そして、磨《みが》かれたように光沢を放っている玄関のドアから、家の印象とまったく同じ、上品そうな女性が顔を出した。初老、くらいの年齢だろうか。ショートカットとジーンズが活動的だ。

彼女は門扉のところまでの短い階段を降りて、

「料理教室参加をご希望ですか？」

と言った。

「はい、そうなんですが——あの、私そこのメゾン神楽《かぐら》の谷萩と申します」

まずはちゃんと名乗る。

「ああ、神楽さんとこの店子さん。聞いてますよ」

さすが大家さんの顔は広い。

「本当に初心者なんですが、かまいませんか？」

ずっと外食で、実家にいた頃も料理などしたことがなかった。だが、失業中の身でもあるし、自炊をすれば食費が助かる。どちらかといえば実益を考えてのことであったが、これからのことを考えると料理くらいできた方がいいと思ったのだ。少なくとも、損はないだろう。

「ええ、それはかまいませんよ。一からお教えしますから。基本的に簡単な家庭料理ですし」

にこにこと言われて、ちょっとやる気が出てきた。

場所はもちろんこのお宅の台所で、週に一、二回程度、参加者の都合に合わせて不定期に教室は開かれるという。

「今週は明日ありますけれども、どうなさいます？」

明日——木曜日だ。平日にもあるのか。

「あ、大丈夫です。参加させてください」

「じゃあ、これに連絡先をお願いします」

住所と名前、電話番号などを、改めて差し出されたノートに記入する。

「お偉いですね、お若いのに料理を習おうだなんて」

「いえそんな――」

ただの気まぐれで、とは口が裂けても言えなかった。

「では、午前十一時頃にいらしてください。材料費などについては、お帰りの際にいただきますので」

「わかりました」

何だかあっけなく手続きが終わってしまった。習い事――考えてみれば、子供の頃も何もやっていなかった。初めてのことだ。しかも自分から申し込んだ。三十超えてとは、ちょっと遅すぎやしないか。それに、肝心なことは何も聞いていない。何を作るのか、何を用意すればいいのかも。とはいえ、エプロンすら持っていないのだ。持ってこいと言われても困るが。


家に帰ると、宅配便の不在票が入っていた。実家からの届け物だ。連絡をすると、すぐに持ってきてくれる。米と野菜だった。

電話をかけると、母親が出た。

「お米、届いたよ。ありがとう」

「またなくなったら言いなさい」

そうは言うが、琢己から電話をかけることはめったにしない。何とかごはんを炊くことはできるので、着実に消耗《しようもう》はするのだが、それを見計らったように母親は定期的に米を送ってくれる。

「父さんは元気？」

「うん、元気だよ。腰は相変わらずだけど」

父親の腰痛は、一種の職業病だった。琢己の実家は農家なのだ。

「お前は？」

「元気だよ」

「会社はどう？」

「まあ、何とかやってる」

辞めたことを言うつもりはなかった。電話をしたり、帰るたびに「会社を辞めろ」と、特に父親から言われ続けてきたのだ。正直に言ったら大変なことになる。

「もう十年たつんだね」

「え？」

「会社勤めを始めてさ」

「あ、そうだね。そんなになるんだ」

「最初は勤まらないと思ってたのにさあ」

琢己は何も言えなかった。何だか親をもだましている気分だった。

「ま、元気でいてくれればいいよ」

帰ってこいと言われないのが、妙に気になるが、こっちにしてみれば申し訳ないが都合がいい。ここ数年で妹たちも結婚して家を出てしまったので、もうあきらめ気味なのかもしれない。

どっちにしろ、親の面倒を見るのはおそらく自分なのだ。それは承知している。いつかは帰るのだ。今ではないだけ。それまでは好きにやらせてほしい。もう少し、東京にいたかった。

「身体に気をつけてね」

「うん。母さんも——父さんによろしく」

短い言葉でしめくくり、琢己は受話器を置いた。「いつかは帰る」ということを免罪符にしていることに罪悪感を抱きながら、内心ほっとしていた。少なくとも、次の電話まではここにいられるのだから。

次の日は、目覚まし時計を止めても二度寝をせず、何とか起きられた。よい傾向だ。朝食はとらず、コーヒーだけにして、ゆっくりとネットでニュースをチェックする。新聞は元々とっていない。会社で読めたし、辞めた今でもネットで充分だった。

家でできる仕事もいいな、と思う。外に出るだけが仕事ではない。ネットがあれば、家でも人とつながることができるのだ。仕事の受注や納入だって、メールでできる。都会でなくても、外国であっても関係ない。

そういうビジネスチャンスはないものか、とネットサーフィンをしていると、もう出かけなくてはならない時間になってきた。とりあえず財布に充分お金が入っていることだけを確認して、家を出る。

何を作るのだろう。簡単な家庭料理とは言っていたが、それすらも想像できなかった。料理に対して、本当に興味がなかったことを思い知る。

横手家のチャイムを押すと、昨日と同じ女性が姿を現した。多分、彼女はこの家の主婦で、料理を教えてくれる先生なのだろう。

「どうぞ。いらっしゃいませ」

昨日は玄関先で座っての手続きだったが、今日は上がらせていただく。中も外とまったく同じだった。少々古めだが、きちんと整えられている。

パーティーや教室を意識したような広いキッチンに通される。そこだけちょっと異質な感じだった。リフォームしたて、という雰囲気だ。かなりの人数が座れる大きなダイニングテーブルもあった。そこにはもう二人の男性が座っている。軽く会釈をすると、二人とも頭を下げた。

「ちょっと材料の到着が遅れてますので――もう少しお待ちくださいね。お茶をお飲みになりますでしょ？　コーヒーの方がよろしい？」

二人が首を振ったので、琢己もお茶をいただくことにする。コーヒーでもどっちでも、両方好きだし。

横手夫人は緑茶をいれて、ダイニングキッチンから姿を消した。香り高い緑茶をすすりながら、先客を観察する。向かい側はひげ面にセルのメガネフレーム。琢己より少し年上に見えた。隣のもう一人は、つるんとした顔立ちで、多分若い。どういう事情でここにいるのかわからないが——って自分も大して変わらないか。

「あのう」

　隣の男性が話しかけてきた。

「私、羽村《はむら》と申します」

「あ、谷萩です」

「こちらは郡山《こおりやま》さん」

　羽村が向かい側のひげ面の男性を紹介してくれた。

「よろしくお願いします」

「こちらこそ」

　三人で半分腰を浮かし、ぺこぺこ頭を下げているのが、妙におかしい。久しぶり、とも思えるが。

「谷萩さん、おいくつですか？」

「三十二です」

「あ、僕より年上ですね。僕は二十八です」

　やっぱり。

「どうして……ここへ？」

聞きにくそうにたずねる。

「いえ、ちょっと通りかかって料理教室をやってるっていうんで、興味を持って」

そのままなのだが、口に出すと何だかしらじらしい。

「そうなんですか」

「そちらは？」

「僕は、実は専業主夫なんです」

これはまた意外な答えだった。

「あ、そうなんですか」

「妻が家で仕事をしてるんですけど、そっちの方が収入いいんで、思い切って会社辞めちゃえってことで。子供も生まれるんで、それまでに料理を習っておこうと思って、ここを紹介してもらったんです」

屈託なくそんなことを言う。けっこうびっくりする。家庭の内情をそんなにぺらぺら話してしまっていいものだろうか。

でもよく考えてみたら、女性の場合はそんなふうにも思わないわけだし――偏見なんだろうか、これってやっぱり。それとも、少し年代が違うだけで、これだけ意識も違うということなのか。

「遅くなりました。材料が届きましたよ、みなさん」

ちょうどその時、横手夫人がダイニングキッチンに入ってきた。郡山とはほとんど話ができなかったのが残念だったが、これから初めての料理かと思うと、ちょっと緊張する。

「どうもどうも、お待たせしました」

禿《は》げあがった頭を日焼けしたばかりのように赤くした初老の男性が、ダイニングキッチンに入ってきた。

「あさり、首尾よく仕入れてまいりましたよ。大漁です」

テーブルの上に、どさっと大きなビニール袋が置かれる。

「これはまた、相当な量ですねえ」

羽村が笑顔でそう言った。

「いやあ、穴場をこの人が教えてくれたおかげですよ」

まだ誰か来るのかな、と思って廊下の方をのぞいてみるが、もう誰もいなかった。

その時、ふと気づく。ビニール袋の脇にぬいぐるみが一つ置かれているのに。ピンク色のぶたのぬいぐるみだ。バレーボールくらいの大きさのものだった。右耳がそっくり返っている。突き出た鼻とビーズの点目が印象的だが——あれ、さっきはあったかな？

「今日のメニューはあさりの酒蒸しと中華炒め、スパゲティボンゴレです」

今まで全然聞いたことのない男性の声がする。

「あさり尽くし——というか、あさりを使わないともう置くところもなくなるほど獲《と》れましたんで」

笑いがもれる。だが琢己にはわからない。誰がしゃべっているのだ？

「共通していることは、それぞれお酒を使うということです。使った残りは飲んでください」

「それはもう、まかせてください」

禿頭《とくとう》の男性が言うと、またみんなが笑う。

ひそかにぬいぐるみが移動していた。今度は、ビニール袋に寄りかかるようにして立っている。

「今から使うのは、漁師さんに分けてもらった砂抜きが終わっているものです。今日獲ってきたものはおすそわけしますので、おうちでご家族に作ってあげてください。海水に入れてありますので、夜には砂抜きも終わっているはずです。お酒のおつまみに酒蒸し、ごはんのおかずに中華炒め、子供にはパスタがおすすめです」

「うちも今週末行こうかと思ってるんですよ、潮干狩り。子供たち、一度も連れてったことがないし」

郡山が言う。

「じゃあ、ご紹介しますよ。潮の加減もあるので、直接訊いた方がいいです。あとで電話番号お教えします」

「けど、あさりばっかり続いちゃいやがるかなあ」

「それは今日のを食べてもらってから決めればいいんじゃないですか？」

「それもそうですね。元々あさりのみそ汁とか、好きなんですよ」

「スーパーのと比べると身が違うし新鮮だから、喜ぶと思いますよ」

何だか盛り上がっているが、なかなか話に入っていけない。それどころか、だんだん誰が何をしゃべっているのかわからなくなってきた。いや、少なくとも一人、どこかから聞こえる声がする。姿が見えないのに聞こえるのだ。え、ちょっとヤバイ家に入り込んでしまったのか？　それにしては話している内容が普通過ぎる……。

「あなた、新しい方がいらしてますよ」

横手夫人がようやく話に割って入った。

「あ、どうも、失礼いたしました！」

禿頭の男性が、にこにこしながら頭を下げた。

「はじめまして、私はこのうちの者で、横手と申します」

「谷萩です。よろしくお願いします」

手を差し出してきた。おお、握手なんて久しぶりだ。横手の手は温かく、厚みがあった。琢己より背が高いので、手も大きい。

「あの——どなたかのご紹介で？」

「いえ、紹介っていうか……ここへはたまたま通りかかって申し込んだんです」

「あっ、そうなんですか？　それはお珍しいですね」

そんなに珍しいことなのか？

「今日は人数少ないんですが、本当は十人くらいいましてね。ほとんどがご紹介なんですよ。でも、通りがかりならなおさら歓迎いたします。ね、ぶたぶたさん」

「どうも、山崎ぶたぶたと申します」

誰のかわからない声を発しながら、さっきからずっと置いてあったぬいぐるみがこっちに向かって手（？）を差し出した。

「え？」

何これ。どういうことだ？

琢己は、救いを求めるように、周りの人たちへ視線を送る。しかし、それに応《こた》えてくれる人はいない。というか、いたって普通だった。どうしてそんなに平気な顔をしていられるのだ？

「彼がこの料理教室の講師です。山崎ぶたぶたさん」

横手がだめ押しのように言う。

「……冗談でしょ？」

思わず口から飛び出す。

「いや、本当ですよ」

「すみませんね、先生らしくなくて」

ぬいぐるみが、鼻の先をもくもくさせて、さっきと同じ声を出していた。

「え、あのう……てっきり奥さまが先生だとばかり……」

「あ、私はお教室の時は何もしませんよ。お茶入れるくらい。あとごはんは炊いておきましたけど」

横手夫人はけろりと言い放った。エプロンもせず、どっかりとダイニングテーブルの椅子に座り込んでいる。

「え、あ……」

郡山が、うろたえている琢己の背中をぽんと叩いた。

「大丈夫。すぐに慣れるから」

そう言って、にっこりと笑う。

そんなバカな。こんな状況、慣れろと命令されたって無理だ。悪夢だ——。

「ちょっと座らせてください……」

とりあえず近くの椅子に座り込み、はーっと大きなため息を一つついた。どうしよう、帰ろうかな……。けど、さっきのメニューのものが、もう少し待てば食べられるのだ。潮干狩りでとってきた新鮮なあさり……。

「あの……」

「何です？」

うお、ぬいぐるみが返事したっ。つぶらな点目で見つめられてしまう。

「ど、どこのあさりなんですか？」

「羽田沖《はねだおき》です。けっこう近いんですよ」

江戸前のあさり……魚はともかく、新鮮な貝を口にする機会なんてあまりない。

「潮干狩り、してきたんですか？」

「ええ」

ぬいぐるみは「当然」という顔をしていた。

「ウエットスーツを着て」

「へーっ、特製ですか？」

羽村が歓声をあげる。

「いや、ほんとはぬいぐるみのものらしいんだけど、ちょっと改造してね。足までくるんでもらったんです」

君もぬいぐるみだと思うのだが。

しかしウエットスーツ——琢己すら持っていないのに。何だかうらやましい。

「大丈夫ですか?」

横手が琢己の顔をのぞきこむ。

「はあ、何とか――」

結局、誘惑に負けてしまった。あさりごときに負けるとは……。

「じゃあ、これどうぞ」

横手夫人が何やら差し出す。エプロンだ。デニムのシンプルなもの。よかった、フリルとかついていなくて。

「さあ、じゃあ始めましょうか」

アイランド型というのだろうか、キッチンの真ん中の流し台と調理台のところに山崎ぶたぶたという名前のぬいぐるみは立ち上がった。

「ちょっと行儀悪いですけど」

そう言って琢己に向かい、にこっと笑いかける。笑ったよ笑った! わかった俺もすごい……。

「今日の三品を作ったことのある人、いますか?」

男性陣はみんな首を振る。横手夫人は手を挙げているが、彼女は勘定に入らないのだ。

「みそ汁を作ったくらいです」

　郡山が言う。

「手間はほとんどかかりませんので、心配はいりません。まずは、あさりをよく洗ってください」

　ぶたぶたは、しゃべりながらこれまた手作りらしきエプロンをつけ、手にビニールを巻き、今度は流し台脇の椅子の上に立ってあさりを洗い始めた。二つをこすり合わせるようにしてていねいに、だが手早く。洗ったあさりはざるにあげる。かなり大量なので、みんなで手分けして洗った。もちろん、琢己もそれくらいは手伝える。

「パスタをゆでるお湯、沸かしてありますから」

　横手夫人がコンロを指さす。ＩＨクッキングヒーターの上に、大きな寸胴鍋が置いてあった。

「じゃあ、まずパスタをゆでます。たっぷりのお湯に塩を多すぎるかな、と思うくらい入れてください」

　郡山が慣れた手つきで、寸胴鍋に塩とパスタを入れ、菜箸《さいばし》でかき混ぜる。

「酒蒸しは、鍋にあさりを入れて、日本酒を適量入れて、ふたをして、蒸す。スーパーなどのあさりの場合は、生姜《しょうが》の千切りを入れてもいいですけど、今日のはとても新鮮なので、これだけです」

ぶたぶたはざらざらと鍋にあさりを入れ、小さな瓶から直接日本酒を振りかける。目分量だ。何だかかっこいい。

……と一瞬思ってしまった自分って……。

「じゃあ、羽村さん、見ててください。殻があいたらできあがりです。次に、にんにくをみじん切りします」

台に置いてあったにんにくのひとかけを素早くスライスし、細かくみじん切りにしていく。その手際の良さに琢己は驚く。ぬいぐるみにできて、俺にできないはずはない、と思うほど。

「それから、鷹の爪を小口切りに。基本的に、中華炒めとボンゴレの材料は同じです。違うのは、使う油とお酒と調味料です。中華炒めはサラダ油かごま油で炒めて」

熱した中華鍋に油を入れ、にんにくのみじん切りと鷹の爪を入れ、そこへあさりを入れる。

「紹興酒《しょうこうしゅ》も入れます。香りが強いので、少しでいいです」

　そこでぶたぶたは、またまた琢己を驚かせた。

「ここのはＩＨヒーターなのでできませんが、本当は火をお酒に移した方がいいんですね。普通のガスコンロで、慣れてきたらでいいんですけど、できるようならやってみてください」

　それは……彼にとってすごく危険なことではないだろうか。ＩＨクッキングヒーターでよかった。かなり近づいても、熱くないから燃える心配がない。

　いや、そんな……普通のぬいぐるみのように燃えるなんて……それも何だか変だなあ。そんなことを琢己が考えている間に、炒められたあさりの殻はどんどん開いていく。

「ぶたぶたさん、酒蒸しも全部殻があきましたよ」

　羽村が言う。

「じゃあ、器に盛って、小ネギをかけておいてください」

　中華鍋のあさりもすべて殻が開いた。

「最後に鍋肌に醤油少々を入れて、できあがりです。パクチー苦手な人いますか？」

　みんな首を振る。

「じゃあ、それを散らして。おつまみにもなりますが、僕はこのスープをごはんにかけて食べるのが好きなんです。ごはんにかける場合は醤油の量に注意してください」

今度は大きめのフライパンでさっきと同じにんにくと鷹の爪をオリーブオイルで炒める。そしてあさりと、白ワインを多めに振りかける。

「ふたをして蒸すようにします」

ガラスのふたごしに、あさりがどんどん開いていくのがわかる。ふたを開けると、いい香りが広がった。

ぶたぶたは、スプーンで底の方のスープをすくって味見をする。

「塩はいらないかなあ……もし足りないようなら、各自で足してくださいね」

郡山が流し台で、パスタの湯切りをしていた。絶妙なタイミングだ。

「いいですか、入れちゃって」

「どうぞ」

パスタが入ると、ぶたぶたはフライパンを揺すり、あおり、パスタとあさりをまんべんなくからめていく。皿に盛って、パセリのみじん切りをパラパラとかける。

「はい、これでできあがりです」

三品、あっという間にできてしまった。

「上にかける薬味は全部小ネギでもいいし、めんどくさかったらなしでもいいです。簡単でしょう？」

見ていただけだから確かに簡単だが……それでよかったのだろうか。

「じゃあ、あちらでいただきましょう」

振り向くと、ダイニングテーブルにはすでにセッティングができていた。真ん中の大きなサラダボウルにはたっぷりの生野菜と温野菜。手作りらしいドレッシングが添えられていた。横手夫人、いつの間にか用意してくれたようだ。

酒蒸し、中華炒め、ボンゴレをテーブルの上に運んでいるのを、やっぱり見ているだけだったが、

「さあ、どうぞ。早く座ってください」

ぶたぶたに促されるまま席に着く。

「やっぱり白ワインですかね。お酒は大丈夫ですか？　このあと車運転したりする用事は？」

「いえ、大丈夫です」

ガラスのぐい呑みのようなグラスに、さっきボンゴレで使った残りの白ワインが横手によって注がれた。

ぶたぶたの席にはぶ厚いクッションが置かれ、何だか大切な置物のようにちんまりと席におさまった。

「じゃあ、新しい生徒さん——谷萩さんに、乾杯！」

琢己はまだ複雑な気分だったが、とりあえずグラスをあげて乾杯した。

「私、中華炒めをいただきたいわ。ご飯にかけるとおいしいんですよね？」

横手夫人の声が弾んでいる。自分も同じような立場だが、彼女はいつもこうやって食べるだけなのだろうか。

「そうです。何杯でもいけますよ」

「まずはボンゴレをのびないうちにいただかないと」

夫にたしなめられてもめげない。

「だって、見てるだけってお腹空いちゃって。あ」

横手夫人がこっちを見る。

「あなたもご飯いかがですか？」

実は気になっていた。酒蒸しやボンゴレなら食べたことがあるが、炒めたあさりをご飯にかけるというのは食べたことがない。加えてとても空腹でもあった。

「あ、じゃあ、少しだけ」

あんまり食べて他のものが食べられないのは悲しい。

横手夫人は、小さなご飯茶碗に半分くらいご飯をよそい、お盆に載せて持ってきてくれた。

「どうぞ」

「ありがとうございます」

「もうそのままかけちゃいましょうか？」

彼女の言葉に、

「お願いします」

と言ってから、はたと思う。自分はここに料理を習いに来たのに。やってもらうというのはどうだろうか。これではホームパーティーに招かれているだけではないか。

と思っているうちに、横手夫人はご飯が隠れるくらいにあさりを載せ、その上からスープをかけてくれる。

「あ、すみません」

恐縮しながらもそのまま受け取る。やはり誘惑に勝てない。こんなに意地汚い人間だったっけ？

「いただきます」

みんなに向けて——というより、やはり作ってもらった人に向けてひとこと。さっき「慣れるよ」と言われたけれども……慣れたのか？

あさりの身はぷりぷりで、かなり大きい。ほんのりと味がついていて、これだけでもいいつまみになりそうだ。

だが、スープの染みたご飯を食べてさらに驚く。醬油だけ、しかもほんの少ししか入れていないのに、味がしっかりついている。スープだけだと多分しょっぱいのだろうが、ご飯と絡めるとちょうどいい。

「うわ、うまい……」

「ほんと、おいしいわ、ぶたぶたさん！」

横手夫人と、期せずして声を合わせてしまう。

「私、はしたないけどあさりとごはんを混ぜて食べさせていただくわ」

そう言って彼女は、あさりを殻からどんどんはずしていく。真似しないわけにはいかない。

「え、そんなに？」

「俺も食べたい」

他の人も立ち上がり、炊飯器に群がった。

「ご飯、好きによそってください。でも、茶碗半分くらいがちょうどいいと思うの。バランス的に」

奥さんの言葉に琢己もうなずく。

殻をはずしたあさりとご飯を混ぜて頬張ると、そのままかっこんで食べ尽くしてしまいたくなってくる。鷹の爪がほんの少しぴりっとして、紹興酒の香りはほのかに——でも、圧倒的にあさりのうまみの方が強い。新鮮なあさりというのは、こんなに味がしっかりしていておいしいものなのか。

ご飯を一杯食べ終わった時には、他の人たちが「うまいうまい」と食べ始めていた。あっという間に中華炒めがなくなる。

次はボンゴレを食べてみた。これも塩を入れていないのに、まさにいい塩梅だった。

にんにくとあさりがよく合う。パスタのゆで加減もきちんとアルデンテだった。もしかして、少し置かれることを予測してゆで時間を調整したのだろうか。

酒蒸しは、あさりを食べた殻でスープをすくって飲む。これはあまりしょっぱく感じないのが不思議なところだ。白ワインもまた冷たく冷えていてクセがなく、どんどん喉を通っていく。

かなりお腹がいっぱいになった頃、ようやく、初めて来た家で思い切り食べて飲んでいる自分に気づいて愕然となる。何なんだ、俺は。

「あのう……」

横手に声をかける。

「私、何もしなかったんですが——」

「あ、新人さんはたいていそうです。今日は特に簡単だったし。ぶたぶたさんの手際を見てるだけでもいいでしょう?」

そ、それは確かに。まるでショーを見ているようだった。何だっけ?『世界の料理ショー』?　大学の教授にビデオを見せてもらったことがあるけれど、何だかそれを思い出させる。あんなに偉そうではないし、第一あっちは人間の上に外国人。なのに、テイストが似ているというか、何というか。

「けっこう見てるだけでも、何となく真似できるようになるんです。真剣に見ちゃいますからね」

そりゃそうだろう。見ないわけにはいかない。下手な映画やドラマよりも、ずっと目が離せない。

「今日はちょっと潮干狩りなんてイベントがあったんでこういうメニューになりましたけど、いつもは本当に普通のお総菜を作ってるんですよ。基本はその日の夕飯のメニューですね。おかずを二品って感じですか」

うん、今日のはパスタは別にして、他のはおつまみみたいだった。それはそれで男の料理という感じだが、基本は家で食べるご飯のおかずということか。料理というより、炊事だ。

「うーん、ボンゴレにするか中華炒めでご飯にするか……悩むなあ」

羽村が悩んでいた。

「うちはもうボンゴレで決まりですよ。三人しかいないのに、一袋くらいスパゲティ使うんですけど」

郡山は中華炒めの器に未練がましい視線を送りながら、そう言った。

「子供はやっぱりパスタですよね。うちはやっぱりご飯にして、あさりのみそ汁もつけようかなあ」

羽村は何とか今夜のメニューを決めたようだ。

「お子さんいらっしゃるんですか」

思い切って郡山に訊いてみる。というか、話のきっかけを待っていたというか。

「ええ、二人」

「あれ、さっき三人って——」

「あ、うちは子供と私だけですんで」

「そうなんですか！」

みんな、いろいろ事情を抱えているんだなあ。

「ぶたぶたさんに教えてもらって、ずいぶんレパートリーが増えたんで、子供の評判もいいです」

シングルファーザーか——大変だろうなあ。と想像もつかないのに感心してみたりする。

「谷萩さんは？」

「あー、僕は独身で、一人暮らしです」

「あ、一人暮らしのうちに慣れておいた方がいいですよ。食生活の管理は、一生ものですから。自分でできるのとできないのとでは偉い違いだと、この歳になってよくわかりました」

なるほど。みんなそんなに料理の経験があるわけではないらしい。

「横手さんは、定年後に目覚めたみたいだしね」

「いや、それはぶたぶたさんがいたからですよ。最初はご飯も炊けなかったんだから」

まずはぶたぶたありき、らしい。

「やろうと思わないとなかなかできないことではありますよ。毎日だと思うと、ほんとにめんどくさいですから」

ぶたぶたの言葉に、

「そうそう」

と横手夫人が同調すると、みんながどっと笑う。

酒の力もあり、和気あいあいと話をしているうちに、ぶたぶたのことがだんだん気にならなくなってきた。本当に慣れた、ということか。単にぬいぐるみの姿をしているおじさんなのだ。そう思える自分がだんだん偉く感じてきた。酔っているな。酔いがさめると、また改めてびっくりし続けるのかもしれないが。

あらかた食べ物がなくなったところで、お開きということになった——って宴会ではないのだが。

「では、今回は材料代というよりも酒代ということで。一人千円もいただければ」

「え、それでいいんですか⁉」

飲み会だと考えれば、それは安すぎる。

「いや、今日は高い方です」

だが、ぶたぶたが言う。

「普段はいかに安い食材でたくさんおかずを作るかをコンセプトにしてますから。みんなで買い物に行ったりしますし。特売品だけでどう料理をひねり出すかとか」

何だかセコイ、と思う自分はひどい人だろうか。

「けど、たまにはこういうのもいいですね。お酒もおいしいし」

自分が食べるのも忙しかったが、ぶたぶたが食べたり飲んだりするところもしっかり観察していた。パスタはつるるるっと一本ずつ入っていき、ワインをくいっと牛乳のように飲み干す。小さいからって小食ではない。みんなと同じくらい食べていたはずだ。途中から琢己は酔っぱらってきたので、「負けない！」とか思いながら食べたり飲んだりしていたが。

「新鮮なものがたくさん手に入った時こそ、みんなで食べたり飲んだりするのが楽しいんですもん。おすそわけって大切なことなんですよ」

横手夫人の言葉に、みんながうなずいた。

それから、何回かぶたぶたの料理教室に通った。

土曜日の昼というのが定例らしい。最初の時のような突発的なものはめったにない。昼間集まれる人は少ないからだ。平日は会社に行っている人の方が多い。

土曜日には、あの広いと思ったダイニングキッチンに男が十人も集まる。かなり狭苦しくむさ苦しい。

だが、ぶたぶたがやってくるだけで、何だか雰囲気がほわんと明るくなる。教え方も相変わらずていねいだ。琢己もだいぶ手伝えるようになってきた。野菜も満足に切れなかったのに、今では魚も、まだあまり上手ではないが、何とかおろせるようになった。

毎日自炊しているし、自分で作った酒の肴《さかな》で一杯やるのが楽しみになってきた。ぬか床を横手家から分けてもらったので、冷蔵庫ぬか漬けも始めたほどだ。ご飯にみそ汁、それに豆腐や納豆や漬け物をつければヘルシーな上、簡単。米なら田舎から送ってくるし。何で今までやらなかったんだろう。

そんなこんなで快適な貧乏生活を満喫《まんきつ》して半年ほどがたった。さすがに仕事を探さないといけない、と本気で思うようにはなってきた。

だが、これならバイトでもいいかもしれない。この調子で生活していけば、そんなに金はかからないし。のんびりとしたストレスのない毎日はいいものだ。そんなに働かなくても、金を使わなければそれなりに暮らしていけるものなんだなあ。

だが、そんな都合のいいことはそう長くは続かなかった。実家に会社を辞めたことがバレたのだ。

祖父が畑で倒れ、母が琢己に連絡を取るために会社へ電話をかけたのだ。本当だったら携帯電話にかけるのだが、その時はつながらなかった。焦って絶対にかけなかった会社に初めて連絡を取ってしまったのだ。

幸い祖父はその日のうちに退院してしまうくらい心配のない症状だったが、それよりも会社を辞めたことの方がショックだったらしい。

「あんた、何でそんな嘘をついたの？」

「心配かけないためだよ」

あながち嘘でもなかったが――けれどこれも、やっぱり嘘ということになるのか。

「あんなに苦労して入った会社なのに、どうして辞めるの。あんたが立派にがんばってるからと思って、お母さん、帰ってこいって言わなくなったんだよ」

苦労というのは、主に父を説得するためだった。父は、琢己が農業を継いでくれることをずっと望んでいるのだ。だが、琢己は小さな頃から農業はやらないと決めていた。休みのないあんなしんどい作業を続けていくことなど、まったく考えていなかった。農大に入ったのだって、東京で一人暮らしをしたかったからに過ぎない。

家を出よう。

東京に行こう。

会社に入って働こう。

琢己は、ずっとそう思ってきたのだ。

「会社は辞めたけど、仕事はしてるよ」

「何の⁉」

「ウェブデザイナーだよ」

郡山のことを思い出して、とっさに言ってしまった。彼は家でウエブデザインや、プログラミングの仕事をしているのだ。これなら、家にいたって不思議はない。本当にそうなら、だけれど。

「う、うえぶ……？」

「家でできる仕事だよ」

琢己の嘘は、親に対してと仕事に対して、この二つしかなかった。そんなにたくさんはつけない。あとで何とかつじつまを合わそうとする。実際に入った会社だって、本当に望んだところではなかったのに、「第一志望に入れたんだから、もったいない！」と父を押し切ったのだ。

だから今回も、まずはどこかで働こう、と思った。それから頃合いを見て、本当に郡山に相談をすればいい。その時は嘘でも、あとから本当になればいいのだ。

近所で時間の自由のきくバイトはないものか、探していると、商店街の本屋の店先に募集の貼り紙があった。料理教室もこうやって探したんだっけ。相変わらずいきあたりばったりだな、と思いつつ、さっそく履歴書を持って話を聞いてみる。

「力仕事が主だから、男の人だと助かりますよ」

おじいさんの店主が喜んで雇ってくれた。

「同じ男でも、力がないのは困るよね」

そんな色男でもいたのだろうか。

「こんなちっちゃいぬいぐるみじゃ、本の詰まったダンボールはとても持ち上がらないでしょ？」

本屋の店主はちょうどバレーボールくらいに手を広げて、そう言った。

「え？」

「冗談かと思っちゃいましたよ」

それにしてはずいぶん冷静である。

「まあ、よく買いに来てくれてはいたんだけれども」

あ、なるほど。

「そのぬいぐるみって……バイトの募集見て、来たんですか？」

「うん、そうですよ。三ヶ月くらい前ですけどね。その時は結局若い女の子を雇ったんだけど、すぐに辞めちゃって」

ぶたぶたは料理の何かを生業《なりわい》にしているとばかり思っていた。たとえば調理師とか栄養士とか、料理研究家とか。グルメライターとか面白い、なんて想像もしていた。それがどうして、本屋でバイト？

一緒に働けるなら、それはそれで楽しそうだったのに。少しがっかりしている自分に、ちょっと驚く。こんなに驚いてばかりなのは、子供の頃以来かもしれない。いつでも発見があるなんて、この歳ではそうそうないことだ。仕事も結局、望んだものではなかったが、最初はそういうことがたくさんあった。だがそれがなくなってしまったら、あとは辞めることしか残されていなかったみたいだ。

ぶたぶたのことも、いつかそう思う時が来るのかな——ふとそんなことを考えていたら、何だか切なくなってきた。そんなの、いやだ、と思う自分がいる。また一つ、発見だ。

いい歳こいて、何を考えているのやら。

「明日から来てもらえますか？」

「いいですよ」

　久しぶりに働くことを考えると少し不安だったが、力仕事だと思うと別の意味で気が楽だった。夜、よく眠れそうだ。

　でもバイトを始めると、料理教室に行けなくなる日があるかもしれない。なるべく融通《ゆうずう》をつけたいが、最初のうちは無理だろう。

　そういえば、他の人とはよく話すが、ぶたぶたとはあまりしゃべっていないことに気づく。もうすっかり慣れてはいたが、何をしゃべったらいいのかよくわからないのだ。謎だらけ、と思っているのかもしれない。本屋のバイトの件も含めて。

　一度、羽村と二人で飲んだ時（彼には無事に長男が誕生した）、

「このマンションに、ぶたぶたさんは住んでるんだって」

　と通りがかりに教えてもらったことがある。あそこはどこだったかな。ちょっとわかりにくいところにあったような——。

　酔っぱらっていた時の記憶を掘り起こして、ようやく琢己はその賃貸マンションを見つけた。オートロックだ。うーん、似合っていると言えばそうかもしれないが、そぐわ

ないと言えばそうとも言える。というか、どこに住んでいても今風の家には違和感を感じそうだ。古い家が似合うかな。横手家よりもさらに古くて、小さくて。あるいは、純和風の家とか。琢己の実家なんて、けっこういいかもしれない。

そんなことを考えながら表札を見ていくと——「山崎」は一つしかなかった。ここにぶたぶたは、本当に住んでいるのだろうか。

訪ねてみたい衝動にかられた。でも、間違っていたらどうしよう。まあ……その時は「すみません」と謝ればすむことだ。

表札と部屋番号をよく確認して、インタホンのボタンを押した。間延びした電子音のあとに、男性の声がした。

「はい？」

まぎれもなくぶたぶたの声だった。

「あのう……山崎ぶたぶたさんのお宅ですか？」

それでも一応訊いてみる。

「はい、そうですが？」

「谷萩です。すみません、突然」

「え、谷萩さん？　どうしたの？」

「羽村さんに前教えてもらったんです」

「あー、そうなんですか。どうぞどうぞ。上がってください」

自動ドアのロックがはずれ、琢己はマンションの中に入った。あ、そうだ。勢いで来ただけだったから、手みやげも何もない。だめだなあ。いきあたりばったりだ、やっぱり。

少し落ち込みながら、ぶたぶたの部屋の前に立つ。チャイムを押すと、まもなくドアが開いた。

ぶたぶたがいた。

「こ、こんにちは」

「こんにちは、いらっしゃい。さあ、上がって」

明るく、見晴らしと風通しのよい部屋だった。今日は小春日和《こはるびより》の暖かい日だ。窓が開いていた。

「お一人ですか？」

「うん、みんな買い物に行きました」

ぶたぶたには家族がいる。人間の妻と娘が二人。まだ会ったことはなかった。ちょっと残念だ。奥のリビングに入ると、すみっこには子供のおもちゃ箱や机が置かれていた。

「お茶でも飲んでいってください」

「すみません……」

上がり込んで何もしないでくれ、と言うのも勝手なことだ。

「ちょうど僕も飲みたいと思っていたところだったんですよ」

小さなダイニングテーブルの上には、確かに急須《きゅうす》と茶筒と湯呑みが置かれていた。茶だんすの前の椅子に乗って、客用の湯呑みと茶托《ちゃたく》を出す。料理教室の時と同じく、手早くお茶をいれてくれる。

「これ、もらいものの瓦《かわら》せんべいですけど、どうぞ」

「あ、はい」

ぶたぶたは湯呑みを持ち上げて、一口すする。

「いただきます」

琢己も湯呑みをとった。ほうじ茶だ。まさか、煎ったばかりなのかな。とても香りがいい。

「おいしいですね」

「それももらいものです」

そう言って、にっこり笑った。

そこで会話が途切れてしまう。何を話そう。というか、訊きたいことはある。けど、それはとても言いづらいことだった。うまく話を持っていく自信は、自分にはない。基本的に不器用な方なのだから。

「あのう……」

「はい？」

「谷萩さんは、何のお仕事をされてるんですか？」

ぶたぶたの方から訊いてくれた。これなら話しやすい。

「僕は、今失業中なんです」

ぶたぶたに嘘をつくような真似はしなかった。まだバイトもしていないし。

「あ、そうなんですか」

ぶたぶたは、ちょっと驚いたような顔になる。半年もたつと、微妙な表情までわかるようになるものだ。

「実は私もそうなんです」

瓦せんべいをぱりんと割りながら、ぶたぶたが言った。やはり、そうか……。

「勤めてたとこが、不景気で——いわゆるリストラって奴です」

リストラ？　ぶたぶたさんが？

自分がひどくショックを受けていることに気がついた。なぜ？　どうしてこんなに真面目で、有能で、しかも家族もいるのに——。

妙な言い訳に「リストラ」という言葉を使ってしまったことを、やっと後悔した。

「仕方なかったんですよね。僕のいた部署はなくなることになったから。他の部署に入れる余裕もないっていうのはわかってましたし——辞めなければ、他の誰かが辞めるだけだし。僕は家族がいるけど、妻が働いているのでしばらく何とかなります。子供と過ごす時間も欲しかったから、しばらく家にいるのもいいかもな、と思うことにして会社を辞めました」

笑って話してはいたけれど、心なしかしょんぼりしているようにも見えた。

「料理関係の会社だったんですか？」

「いいえ、コンピュータ関連です」

「僕はまた、てっきり調理師とかされているのだと思ってました」

ぶたぶたは笑って、瓦せんべいのかけらを小さな口に押し込んだ。

「ああ、あの料理教室は趣味みたいなものです。みんなと集まって食べたり飲んだりするのは楽しいでしょう？　けど一人で料理作るのもつまんなかったりするんで、だったら教えてしまえと思いましてね」

「料理関係のお仕事の方が向いてるんじゃないでしょうか……」

「それもいいですね……。けど、なかなか思うようにいかなくて」

「ぶたぶたさんでも思うようにいかないことってあるんですか？」

思わず口にしてしまった。このかわいらしさなら、何でも許されるのではないかと思っていた。

「ありますよー。あんまり気にしないようにしてるんですけどね、連続であると落ち込みます。でもまあ、何とかなると思って仕事探してるんですけど……」

瓦せんべいをばりばり食べて、ごくりとお茶を飲む。ものを食べる時のぶたぶたは、弱気なことを言っていても元気そうに見えるのだ。食べることが本当に好きらしい。

「妻は『焦らなくていいから』って言うんですけど、苦しいのはこっちもわかってますからね」

ああ、何て生活感のある会話だろうか。ぬいぐるみとの会話とはとても思えない。

「一度雇ってもらえると、こっちの事情も理解してくれるのでだいぶ楽なんですけど、今回ちょっと時間がかかり過ぎちゃって。子供と遊ぶのが楽しいのもいけないのかもしれませんけどね」

でもきっと、子供たちは喜んでいるだろう。会わなくてもわかる。

「雇ってもらえるならどこでもいいし、何でもやるんですけど……もちろんバイトでも」

塚己はどきりとした。別にぶたぶたのチャンスを奪ったわけではないが……あの本屋の店主のような人は少なくないということなのだ。健康でまだそこそこ若く、それなりのことはこなせる自分にぶつかるものとは全然違う。

「まあでも、そのうち何とかなりますよね」

ぶたぶたは、そう言ってまたお茶を飲んだ。

「今までも何とかなりましたから」

「そうですよ」

何も知らないくせに、琢己はそう言わずにはいられなかった。

「谷萩さんも大変ですね」

「え？」

「失業中なんですから」

だが、ぶたぶたと自分とは、全然違う。

「僕は……そうでもないです。そろそろ実家に帰ろうと思ってて」

そんなこと言うつもりもないのに、突然口から出てきた。ぶたぶたには嘘をつきたくないのに——なぜ？

「へえ。ご実家は商売か何かを？」

「農業です。埼玉の方で、野菜を作ってます」

「じゃあ、谷萩さんも帰ってそれを作るんですか？」

「そうですね」

何を言っているのだろうか。

「父の腰も悪いので、手伝おうかなと」

どうしてそんな嘘を、今自分はついているんだろう。いや——その時は嘘でも、あとから本当になれば……。

ああ、そうか……。琢己は、ぶたぶたと一緒に働きたかったのだ。職を求めているのなら、一緒に野菜を作ろう、と。自分がそれをやるのなら、彼に提案することができる。両親の説得に手間をとるかもしれないが、自分が一緒に帰るのなら何とかなるだろう。

まったく……何ていきあたりばったりで考えなしの男なんだ、俺は。言ったからには、本当にしなくては。もうこれ以上、ぶたぶたに嘘はつけないし、つきたくなかった。

「ぶたぶたさん、うちの手伝いに来ませんか？」

「え？」

「一時的でもいいから、うちの畑で働いてみませんか？」

ぶたぶたの目が、少しだけ大きくなった。

「いいんですか？」

「あんまり儲《もう》かりませんけど」

今だって貧乏暮らし。琢己にとっては同じことだ。ぶたぶたにとってはどうだろう。

そうだ、家族は？

「ご家族にも相談してください」

「ええ、でも……埼玉のどこら辺ですか？」

琢己の実家は、県の中央部に位置する。

「あ、なら――車使えばすぐですね。住み込みでもいいんですか？」

「いいですよ」

ぶたぶたに似合いそうな古い実家には、使っていない部屋がいくつもある。

「転校させたら、子供がかわいそうだしね。家族がそちらにたまに行ってもかまいませんか？」

「そりゃあもう、いつでも。帰れる時には帰ってあげてください」

「ありがとうございます」

ぶたぶたは、働けることを心から喜んでいるようだった。琢己も、ぶたぶたと働けると考えると、本当にうれしい。たとえぶたぶたが三日で逃げ帰ってしまったとしても（多分、そんなことはないだろうが）、琢己は野菜を作るだろう。そして、それをぶたぶたに送る。そんな自分の姿が容易に想像できた。とても楽しそうな顔をしている。どうしてだろう。さっきまで、そんなこと一つも考えていなかったのに。

ちゃらんぽらんな上に現金な奴。俺って本当にどうしようもない。でももう、嘘はどこにもなかった。

「もしかして、この話をしにわざわざ来てくれたんですか?」

「……そうです」

ちょっとだけついてしまったが。


両親は、昼間と全然話の違う息子の言葉をなかなか信じようとはしなかった。

「だから、ほんとに家に帰るって」

「……ほんとにほんと?」

母は疑心暗鬼《ぎしんあんき》のかたまりだった。そう言いながら、まだ息子はうえぶでざいなであると思っているのだ。

「ウェブデザイナーなら、農業やりながらでもできるよ。だって家でできる仕事なんだから」

いや、これは嘘ではなくて出まかせだ。だって自分はウェブデザイナーじゃないし、仕事の内容なんて全然知らないのだから。多分、両立するのは難しいと思う。……わかんないけど。

「そのかわり、雇ってもらいたい人がいるから」

「誰？」

「山崎さんって東京で知り合った人」

「ちゃんとした人？」

「もう、すごいちゃんとしてる。俺とは段違い」

「そうなの……。でも、あんまり都会風のひ弱な人だと困るんだけど」

「そんなんじゃないよ」

ひ弱とか都会風とか、そういう概念以外のところにいる人だから、とは言わなかった。

「さっそく、来週にでも連れていくから」

とりあえず、行って働いていてもらおう。琢己は引っ越しの準備をしなければいけない。

「あんたの友だちねえ……大丈夫なの？」

「大丈夫大丈夫。だってすごい真面目で有能で――料理もうまいんだから」

「そうなの？　じゃあおさんどんやってもらうのもいいねえ」

母は少しうれしそうにそう言った。ぶたぶたと母が仲良く台所に立っているのを想像して、琢己は笑いが止まらない。

「あんた、何笑ってるの?」

「笑ってないよ」

「何かたくらんでるでしょ」

「何にもないよ」

そう、何にもない。本当だ。そこから始めようと、琢己はようやく思えるようになってきたのだから。

ここにいてくれる人

多分、どういう状況であっても、こうなっていたのかもしれない。

刈屋美澄《かりやみすみ》は秋の高い空を見上げてため息をついた。こんなに澄んだ青い空なのに、足取りが重い。一歩一歩、前に出すのも億劫《おっくう》だ。

でも、決心が鈍らないうちに行かなくちゃ。美澄は、もう一度大きくため息をついてから、足取りを速めた。

ネットの検索で見つけた近所のメンタルクリニック――ほとんど隣の駅に近いのだが、歩いて行けない距離ではない。近所の病院にかかることを躊躇していた美澄にとっては、ちょうどよい距離だった。少し少し、休み休みならば、三十分くらいで行ける。

今、そこへ向かう途中だった。電話をしてみたら、すぐに来られるのならば時間があると言われたので。明日や一週間後などと言われたら、予約を入れたとしてもそのままになっていたかもしれない。今すぐだったから、決心がついたのだ。

少し道に迷ったが、早めに出たので、約束の時間よりも五分前にクリニックへついた。

入り口には控えめに「精神科・心療内科・神経科」と書いてある。真新しい白いドアをおそるおそる開けると、中もオフホワイトに統一されたこぢんまりとした内装だった。静かにクラシックが流れ、何人かが柔らかそうなソファーに座っていた。本や雑誌を読んでいる人、目を閉じて座っている人、壁のポスターを読んでいる人——みんな自分のように、心が疲れている人なのだろうか。

「あの、先ほどお電話をした刈屋です」

受付の女性に声をかける。カジュアルな服装にエプロンをつけていた。美澄は保険証を差し出す。

「はい。じゃあ、お呼びしますので少しお待ちください。その間にこれの記入、お願いします」

女性から笑顔で渡された用紙は、心や身体の不調がどの程度かをチェックするものだった。自分にはどれもこれもいちいちあてはまるような気がして、さらに憂鬱《ゆううつ》になる。

「では、先生の診察の前に、こちらでちょっとお話お聞きしますね」

診療の前に、カウンセリングがある、と言われていたし、白衣を着ていないので、多分カウンセラーだろう。その自分よりも少し若い女性に案内されて、小さな会議室のようなところに入る。ぴったりとドアが閉まり、外に話が漏れないようになっていた。

「刈屋美澄さん——お歳は三十八歳ですね」

「はい」

「どうしてここへ来ようとお思いになったんですか?」

「あのう……何だか毎日つらくて、仕事や家事が思うようにできなくなってしまって……」

うまく言葉が出てこないのがもどかしいと思いながら、何とかこれまでの経緯《けいい》を話してみる。

二、三年前から人との関わりが億劫になってきた。仕事は家で技術翻訳をしているので、気がつくと何日も夫以外と、あるいは彼と時間が合わないと誰ともしゃべらない。それは苦ではないが、そのうち自分から友だちに連絡をとることもしなくなり、たまに会って話すと、自分の言動がひどく気になり、妙に緊張して疲れるようになってしまった。仕事の打ち合わせであっても、なるべくメールですますほどだ。電話もほんの五分間ですら、全身が汗びっしょりになるから。

夫は会社員だが、忙しさは変わらないのに、収入が目減《めべ》りしている。家を買いたいので、貯金を崩したくない。そのため、無理に仕事を入れ、休みも満足に取れないまま過ごしていたら、いつの間にか家事をすることが苦痛でたまらなくなってきた。夫に気づかれないよう、しばらく手抜きをしながらこなしていたが、それは手抜きというより、先延ばしという感じだった。たとえば毎日していた掃除を一日おきにしても楽にはならない。次に掃除をする時まで、「やらなきゃ、やらなきゃ」と思い続けるからだ。やろうと決めていた日ができないまま暮れたりすると、「やるって決めてたのに、どうしてできないの？」と、自分を責めてしまう。

そんなふうに何かにつけて責め続けてばかりいたら、毎日くたくたなのに何もできない、ということになってしまい、それでまた落ち込んで——ついに仕事にも影響が出始めてきた。やる気が起こらない。集中力が持続しない。毎日なまけてばかりの自分がいやになる。

夫にも何度か話を聞いてもらったが、最近、

「同じことばかりをくり返し言ってもしょうがない」

と言われて相談できなくなった。でも、どう考えてもよい状況とは言えないのだから、一度、プロに相談したい、医者に行きたいと訴えたが良い顔をしない。人前での美澄は、

とても明るく、人当たりのよいてきぱきとした人間を装っていたので、そんな治療をするほどとは思っていなかったようなのだ。

「だから、夫には内緒で来ました」

別に夫だから、というわけではない。小さい頃から、親に対しても繕《つくろ》っていたようなところがあった。自分が我慢すればいい、と思えば、何とかなったから。多分、誰と暮らしても同じだ。自分以外の人間とうまくつきあえないのかもしれない。自分自身をも持て余しているけれども。

「そうですか——つらかったんですね。大変でしたね」

優しそうな声と笑顔でそんなことを言われただけで、美澄は少し泣きそうになった。泣いてもいいのかも、と思ったが、けんめいにこらえる。我慢がクセになっているようだった。

三十分ほどでカウンセリングは終わった。

「もうすぐ診察ですからね。お待ちください」

待合室のソファーに座り、バッグの中から文庫本を取りだしたが、文章が全然頭に入ってこない。最近、あんなに好きだった読書や映画鑑賞への興味が急速になくなっていくのを感じている。音楽すらもうるさい。何をするのもめんどうくさく、ただ横になっていたい、と一日中切望していたりする。でも、状況的にそれは許されない。働かないとならないのだ。

「刈屋さん、どうぞ」

十分ほどして、名前が呼ばれた。診察室に入ると、やはり白衣などは着ていない、トレーナーにチノパン姿の中年男性が机に向かって座っていた。

「刈屋美澄さんですね。よろしくお願いします」

柔和《にゅうわ》そうな笑顔を浮かべながら言う。どうしたものかわからず、美澄はただただ頭を下げるしかなかった。

「お座りください」

机の前の椅子を勧められて、あわてて座る。

「困っていることや気になることを、聞かせてください」

さっき話したことをもう一度最初から話さなくてはならないのか、と思ったが、

「今の身体や気持ちの状態について、具体的にお話ししてもらえますか？　たとえば、夜はどんなふうに寝ているとか、朝起きた時の気分とか」

と、さりげなくうながされるだけだった。美澄は少し考えたのち、ぽつぽつと話し始めた。

「夜は寝つきが悪くて、眠れても夜中に何度も目が覚めるので、朝起きようとしてもつらくてなかなか起きられないんです。むりやり起きても、顔を洗ったり歯磨きをするのにまたすごい時間がかかって、結局何もしないで買い物に行ったりして……」

今日、久しぶりに鏡でしげしげと顔を見たら、頬にはっきりとわかるシミができていた。ショックだった。一年前にはなかったものだ。単なる歳のせいかもしれないが、日焼け止めを塗らないで外に出るだけでこんなに簡単にシミができるなんて思ってもみなかった。

「どうしたいと思っていますか？」

医師は穏やかにそうたずねる。

「……やっぱり前みたいに効率よくたくさん働きたいし、家事もちゃんとこなしたいです」

「今は無理をしていると自分で思いますか？」

「そうですね……無理してます」

まだ何とか食事は作れるが、掃除などはかなり手を抜いている。というより、本当に身体が動かないのだ。夫が内心不満を抱いているのでは、と思うと、手抜きを開き直ることもできない。

「軽い鬱《うつ》のようですね」

しばらく黙って美澄の話を聞いていた医師は、少し考えたのち、結論を出したようだった。やっぱり……病気なのだ。美澄はかえってほっとする。病気なら、治るから。

「気持ちが楽になるお薬を出してみましょうか。眠れるお薬もね」

「はい」

「それから、休養は大切ですよ。疲れた時は休んでください。そんなに我慢することありませんよ」

「……はあ」

もっともだ、と思いながらも、どうしよう、と思う。だって、休むためにはそれなりの理由をつけなくてはならない。

「旦那さんにもちゃんとお話しした方がいいと思いますよ」

そう、夫に対して。正直に言えれば簡単なのだが……。

「うまく話せなくて……」

「病院に行ったということもですか？」

「どうも偏見を持っているみたいなんです」

医師に対して悪い、と思いながらも、そう言うしかなかった。というか、夫は何も知らないのだ、こういう病気のことは。けれどそれは当然のことかもしれない。自分だって、なってみて初めてわかったことがたくさんあるし、理解しにくい病気であることも承知していた。

「まあ、少しお薬で落ち着いたらまた考えましょう。焦っていろいろやって、具合が悪くなってしまってもしょうがないですからね。ご自分で病院に来られるのなら、全然大丈夫ですよ」

何か特別なことを医師に言われたわけでもないのに、美澄はその言葉に少しほっとなった。ほめられたみたいな気分だった。

そのあと、出される薬の効能や副作用についての説明をくわしく受ける。

「お薬が合わない時は、すぐに連絡してくださいね」

そう言われて、診察は終了した。

待合室で、次の診療の予約をして処方箋をもらう。お金を払い、調剤薬局までの道を教えてもらってクリニックを出た時は、到着してから一時間ほどがたっていた。

『帰ったら、ネットで薬を調べてみよう……』

すぐ近くの薬局でもらった二週間分の薬をバッグにおさめながら、そう思った。抗鬱剤と睡眠薬。たった二種類の薬だったが、生まれて初めて飲むものだ。今まで自分が飲むとは思わなかった薬でもある。

こんな小さな錠剤で、本当に楽になるものなんだろうか……。知らず知らずのうちに、ため息が出る。

その時、背中にどんっと衝撃を感じた。

「あっ！」

ざらざらと音を立てて、何かが落ちた。自分がもらったのとは大きさがまるで違う薬袋の中から、中身が地面にこぼれ落ちていた。女の人が、それを拾い集めている。美澄がぼんやり薬局の入り口に立っていたせいで、ぶつかってしまったらしい。

「あ、ごめんなさい！　すみません……」

美澄もあわててしゃがんで、薬を拾った。顔を上げると、さっきのクリニックで見かけた顔だった。自分と同世代くらいのきれいな女の人だった。

「大丈夫です、気にしないで……」

顆粒が分包されているらしい薬をすべて袋におさめると、女の人はにこっと笑った。その笑顔に、不覚にも涙が出た。あたしって、どうしてこうなんだろう。ぼーっとしてばっかりで……「大変でしたね」とか言ってもらったけど……別に大変なことなんか何もないはずなのに……。

「……どうしたの?」

いっしょうけんめい隠したのに、涙を見られてしまった。どうしよう。

「何でもないです……!」

急いでその場を立ち去ろうと思った。でも、何だか身体が震えて動かない。駆け出したいのに、立ち上がれないのだ。

「無理しないで」

優しい言葉に、身体の力が抜けた。だが、どうしたらいいのかもわからない。

「ちょっと休みましょ」

道路の端の方に促され、美澄はようやく立ち上がった。涙はすぐに止まったが、まだ動悸がしていた。

「落ち着いた？」

「はい……少し」

「ほんと？　焦らないで」

「はあ……」

この人の方が薬が多かったから、もっと具合が悪いのかもしれないのに……とても落ち着いていて、明るい感じだった。この人に自分はどう映っているのだろう。大した病気でもないのに、何だか暗い顔してるとか、やけにおたおたしているなどと思われているのではないだろうか。

「あの……もう大丈夫です。ありがとうございました」

少し声が震えていたけれども、普通に話せた。そして、歩きだそうとした時、

「ちょっと待って」

びくっと立ち止まる。そんなにびっくりする必要もないのに……首の後ろが、汗でじっとりと濡れてくるのがわかる。

「もしよかったら――一緒にお茶でもどうです？」

何を言われるのかと思ったら……。

美澄は返事もできず、ぽかんと突っ立っていることしかできなかった。

案内された店は、木や自然素材をふんだんに使った素朴な感じの小さなカフェだった。テラスには花もたくさんあり、暖かく、いい匂いがした。

〝Café《カフェ》 de《ド》 Vent《ヴァン》〟

「vent《ヴァン》」って、確か「風」だっただろうか――。

漂うおいしそうな香りにちょっと「何か食べたい」と思うほどだ。食欲を意識しなくなってどれくらいたったろう。食べなくても平気なのだが、人の分だけ作って食べないと夫は心配するし、うまく説明できないし……ある程度食べれば、何もとがめられない。食べ物は機械的に身体の中へ入っていくだけだった。何を食べたい、とか、これがおいしい、とか、そんな気持ち忘れてからどのくらいたっただろうか。

今も少しだけ「何か食べたい」と思ったが、具体的には何も浮かばなかった。「外国に行きたい」とか「お金持ちになりたい」とか――まるでいつかのことを夢想しているようだった。

「何にしますか？」

　女性がたずねてくれる。

「はい……じゃあ、コーヒーを」

「ホットで？」

　美澄はうなずく。

「わかりました。マスター、ブレンドをホットで二つね」

　奥のカウンターの方を向いて、女性は言う。ひょうたんのような形をしたガラス器具がいくつか並んでいた。少し考えて、ようやくわかる。今時珍しいサイフォン式でコーヒーをいれるカフェらしい。

「ここは、クレープがおいしいところなんですよ」

「クレープ？」

　原宿とかで女の子たちが歩き食いしている絵がぼんやりと浮かんだ。

「フランスのクレープなんですけど、ガレットっていうんです。小麦粉のもあるんですけど、そば粉のが主で、中に入れる具もいろいろで――けっこうボリュームのある食事にもなるし、もちろんおやつにもなるんです」

「へー……」

そんなクレープは食べたことがなかった。でも、今は飲み物だけで充分……具合が良くなったら、また来られたらいいな、と思う。

「あの、あたし、最近ここでアルバイト始めたんです」

にっこり笑って彼女は言う。

「やっと働けるようになって、ちょっとうれしくて……つい誘ってしまってすみません」

さっき落ちた薬の量を思い出す。やっと働けるようになって、か……。自分の頭ももう少し楽に動くようになるんだろうか。

何か答えようとしたが、言葉が浮かばなかった。首と背中がじっとりと湿ってくる。どうしよう。何も出てこない。そうだ、あたしこの人のこと知らない。知らない人としゃべるのは緊張する。

「あ、無理に話さなくてもいいですから」

美澄の様子を察したのか、彼女はあわてたように言う。美澄は少しほっと息をつく。

「でも、ほんとはここに来たから治ったのかもしれなくて――」

「え、ここ？」

「お待たせしました」

下の方からの声に、美澄はついうつむく。トレイに二つ載ったコーヒーを抱えたピンク色のものがあった。

「あ、マスターありがとうございます」

女性はトレイをとって、美澄の前にコーヒーカップを置く。カップというより、マグだった。たっぷりとコーヒーが入っている。

「ごゆっくり」

ペコリとお辞儀をしたのは、まぎれもなくピンク色のぶたのぬいぐるみだった。大きさはバレーボールくらい。黒ビーズの点目、突き出た鼻、そっくり返った右耳。どこからどう見ても、完璧なぬいぐるみだった。それが、とことこと店の奥の方へ消えていく。きゅっと結んだしっぽを見せながら。

もう一度病院に行った方がいいんだろうか。あたし、幻覚を見ている――！

「ごめんなさい……！」

とっさに千円札を置き、美澄は席を立った。

「帰ります、あたし……疲れちゃって……」

「あ……！」

女性が困惑《こんわく》したような表情で立ち上がる。

「ごめんなさい、あたしがむりやり――」

「ううんっ。誘ってくれてありがとうございます、あたしこそごめんなさい」

そんなこと思っていないのに、本当は早く家へ帰りたいのに――それでも、謝らずにはいられなかった。

何か言いたそうな彼女を残し、美澄は店を飛び出した。タクシーを止めて乗り込む。また身体が震えていた。早くうちに帰ろう。横になりたかった。薬を飲めば、きっと良くなるはず。


家では夫が待っていた。もう会社から帰ってきていたのだ。ドアを開けた瞬間、心臓が飛び出るかと思った。

「電話したけど、つながらなくて」

クリニックの中では、携帯電話の電源を切っていたのだ。そのままにしていたのを忘れていた。

「どこ行ってたの？」

「風邪ひいたみたいなので、内科に行ってたの」

こう言っておけば、薬袋を見つけられてもごまかしがきく。あのクリニックは普通の内科でもあるのだ。

「急に前乗りの出張が決まったから、支度してくれるかな」

動悸で身体や手が震えるのを必死に隠しながら、美澄は夫の旅行用カバンを出し、着替えや洗面道具などの一式を詰め込んだ。

あわただしく出ていく夫を見送ってから、美澄はようやくソファーに座り込み、震えがおさまるのを待った。

それからバナナを二本食べて、薬を飲み、またソファーに丸まった。本当は一本食べるのもやっとだったのだが、胃が荒れたら怖いと思い、むりやりもう一本食べたのだ。

だんだん眠くなってきた。前乗りということは、明日の早朝から出張先へ赴くので――今夜は夫は帰ってこない。よかった。美澄は安堵のため息をつく。初めての薬でどう調子が変化するのかわからなかったし、それでクリニックに行ったことがわかってしまうのは困ると思っていたからだ。

いつの間にかそのまま眠ってしまい、目が覚めたのは夜だった。暗い中、ぼんやりしながら座り続けた。なかなか身体が動かない。これは薬の効果なのか副作用なのか、それとも病気のせいなのか……。

「あ、そうだ」

声が出た瞬間、金縛《かなしば》りが解けたみたいに身体が動いた。ネットで薬を調べようと思っていたのだ。

自分の部屋のパソコンを立ち上げて、もらった薬の名前を検索してみた。とてもポピュラーな抗鬱剤と睡眠薬。効き目は医師が言ったとおりだったが、量は少なめだった。

心配するほど重いものではないのかもしれない。薬を真面目に飲めば、すぐに治るかも。どのくらいかかるんだろう。一年？　二年？　もっと長いのか、それとも思ったよりも短いのか……見当もつかなかった。

仕事をしようかと思ったが、眠気はまだ完全にとれていない。あきらめてパソコンの電源を落とし、台所へ行った。今日は食事の支度をしなくていい。本当は何も食べずに寝たいところだが、薬を飲むために何か食べなくては。

悩んだあげく、生で食べられるキュウリとトマト、インスタントのスープですませた。抗鬱剤だけでも眠くなったけれども、睡眠薬も食後に一緒に飲む。後片づけをやっとすませて、風呂にも入らず、すぐにベッドへ横になった。

たちまち眠くなってくる。今日のことを思い出すヒマもないほど。いや、一つだけ頭をよぎったことがある。ぬいぐるみ——コーヒーを運んできたピンク色のぶた——あれは何だったんだろう。すべて夢の中の出来事のようだった。きっと何かを見間違えたに違いない。疲れているんだもの、あたし……。

そう思いながら、美澄は深い眠りに落ちていった。


二週間、夫に隠れながら、美澄はきちんと薬を飲んだ。最初、抗鬱剤の副作用で眠かったが、そのうちそれも消え、次の診察近くになってくると、少し気分が上向きになったような気がした。少なくとも、昨日と今朝は顔が洗えた。仕事も家事もはかどるというほどではなかったが、このまま順調に行けば案外早く快復するかも、と希望が持ててきた。

ネットの掲示板などを読むと、なかなか自分に合う薬に巡りあえず、苦労している人が多い。この薬が最良かどうかはわからないが、多少効いていると実感できるのなら、それはラッキーと思った方がいいのかもしれない。ただ、突然気分が沈んだりすると、そんなこと絶対に思えないのだけれども。

二週間ぶりのクリニックでこのように説明したが、薬は前のままだった。簡単に減るわけはないと思っていたが、何となくがっかりする。すぐに治る病気ではないのだから、焦りこそ禁物——とやはり頭ではわかっているけれども……。

待合室で会計を待っている間、それとなくあたりを見回してみる。この間会った女性のことが少し気になっていた。あの時は無我夢中だったが、いきなり帰ってしまったことはやはり失礼だったかもしれない。もう一度会えるものなら、謝りたい。

だが、待合室に彼女の姿はなかった。同じ日、同じ時間に予約が入っているとは限らないのだから、当然だ。でも、美澄は自分がひどく落ち込んでいることに気づいた。

診察の時、医師は「無理せず、できることから少しずつやればいい」と言っていた。今のこの状態は、かなりのストレスだ。逃げてもいい、ということなのかもしれないが、取り除けるなら取り除いた方がいい。薬局からちょっと足をのばして、あのカフェの前を通りかかればそれでいいのだ。

「あたし、最近ここでアルバイト始めたんです」

彼女は今日あそこで働いているだろうか。

薬をもらってから、カフェに向かい、さりげなく中をのぞきこむ。飲み物を配ってい
る女性――そうだ。彼女だった。

美澄は、思い切ってカフェに足を踏み入れた。

「いらっしゃいませ――あ」

彼女も気づいたようだった。

「この間はごめんなさい」

美澄が謝るより先に、彼女が切り出す。あわてて美澄も頭を下げる。

「いえ、こちらこそ失礼なことしてしまったので、謝ろうと思って来たんです。どうも
すみませんでした……」

「そんなことないですよ。驚かせてしまったみたいで、気になってたんです。あ、どう
ぞ、座ってください」

美澄は、言われるまま席につく。

「あたし、根本久美子《ねもとくみこ》といいます」

「あ、刈屋美澄です」

自己紹介をすると、知らない人という印象が多少薄れるような気がする。

「この間はコーヒーだけなのに、もらい過ぎちゃったので、今日はあたしがごちそうします」

「そんな……」

「できたらガレットを食べていただきたいんです」

今日もあまり食欲がなかったが、店中に広がる甘い香りの誘いに、ついうなずいてしまう。

メニューを開くと、この間久美子が言ったとおり、食事になるようなハムやチーズや玉子、野菜をはさんだものから、フルーツやチョコレートやジャムをあしらったものまで幅広い。でも、文字ばかりでどんなものだかよくわからない。

「おすすめのものは何ですか?」

久美子にたずねるのが一番間違いないだろう。

「この、キャラメルソースのガレットですね」

いくつものメニューの中から彼女があげたのは、意外にももっともシンプルなガレットだった。よほど自信があるのかも。それに、これなら食べきれるかもしれない。

「じゃあ、それをお願いします」

「はい。お飲み物は？」

「コーヒーください」

この間、飲みそこねてしまったから。

「かしこまりました」

うやうやしくお辞儀をして、久美子は奥へ消えていった。

奥の方のテーブルからも外がよく見えた。テラスに座っているお客たちは、おのおの飲み物を手に楽しそうに語らっている。日本人ではなかった。外国人のカップルだ。ワインの瓶が置いてあるようだが、グラスではなく、カフェオレボウルのようなもので飲んでいる。何だろう。わからないけど、ちょっとかっこいい。薬をやめたら、あたしもあそこで飲んでみようか。

しばらくして、久美子が大きな皿とマグカップを持って出てきた。

「お待たせいたしました、キャラメルソースのガレットとコーヒーです」

皿と同時に、それいっぱいに広がるガレットの大きさにも驚く。切られていないし、丸まってもいない。そして、とても薄い。周囲はカリカリだが、中心の方は柔らかそうだ。それに、ただキャラメル色のソースがかかっているだけ。本当に、ぶっきらぼうなほどシンプルなものだった。

「どうぞごゆっくり」

久美子は空いたテーブルの上を片づけ始めた。お客とも会話を交わす。外国人とも――と思ったら日本語だったが。

美澄はナイフとフォークをとって、ガレットのはじっこを切ってみた。予想通り、カリッとした手応えがある。ソースをたっぷりとつけて、口に運んだ。

『え――⁉』

思わず手が止まった。

「どうしたの？」

食器を抱えた久美子が、美澄の様子に気づいた。心配そうにたずねる。

「ううん……何でもないです」

美澄は笑顔で答える。そしてもう一口。えもいわれぬ思い出が口の中に広がった。

だが、美澄はこれを食べたことはない。まぎれもなく初めての味だ。それでもこれは、思い出の中の味だった。なぜならそれは、美澄が子供の頃に思い描いていた味だったからだ。

華やかなハリウッド映画に影響を受けた古き良き少女マンガや、『赤毛のアン』『少女パレアナ』『若草物語』『家なき少女』『小公女』などの外国の少女向け小説——その中には、美澄の想像も及ばない食べ物やお菓子がたくさん出てきた。特にお菓子にあこがれたものだ。凝《こ》ったケーキなどはもちろん、洋菓子自体食べる習慣のなかった家に育ったので、マンガに描かれた二段三段にも及ぶ豪華なケーキやまあるいトリュフチョコ、小説に出てくる分厚いパイや聞いたことのない果物の砂糖漬け、はちみつとは違うらしいメープルシロップ——何もかもが無縁で、どれも一生に一度は食べてみたいと思うものばかりだった。どんな味なのかと想像をふくらませ、夢の中ででもいいから味わってみたい、と切望したものだった。

大人になってからほとんどすべてのものは食べたはずだ。今ではどんなお菓子なのか、すぐにわかる。でも、想像していた味とは少しずつ違っていた。どれも子供の頃に恋い焦《こ》がれた味を超えることはなかったのだ。

でもこれは違う。ガレット――クレープなんてお菓子は想像もしていなかったが、味は紛れもなく子供の頃思い描いていた理想のお菓子の味だった。特にキャラメルソース。しっかりした甘さと香ばしい苦みと――それからこれは……この理想の中心を形作っている味は……。

「お塩？」

「あ、わかります？」

久美子が言う。

「バターとキャラメルとお塩が入ってるんです、そのソース」

そうか、塩か。子供の頃では想像も及ばないことだ。だってお菓子だもの。「甘いこと」が第一なのだから。でもこれは、塩気が一瞬、つんと際立《きわだ》つ。だから甘みと苦みがあとからまろやかに味わえるのだ。少女が憧れるような、大人の味でもあった。

「すごくおいしいです」

凡庸《ぼんよう》なことしか言えなかったが、本当にそのとおりだった。あの頃、想像の中のお菓子を食べると幸せになれると思っていた。それが今、ここにある。

あっという間に食べ尽くしてしまってから、「ああ、もったいない」と思った。もっとゆっくり味わうべきだった……。長年の夢が叶《かな》った瞬間だったのに。

「なんかほんと……おいしかったです」

再度同じようなことを言ってしまったが、やっぱりそれ以上言葉が出てこなかった。

自分が考えていることをくどくどと説明するのもおかしいいし、何より恥ずかしい。いや、うれしいことではあったのだけれど。

「これ、作った人に会いたいと思いませんか？」

「会いたいです」

答えてから、自分が誰かに会いたいと思うこと自体、ずいぶんと久しぶりだと気づく。

久美子が呼びかけると、奥からちょこちょこと小さなものが出てきた。ギャルソンのような、白いしわ一つないエプロンを身につけていた。

「じゃあ――マスター！」

あのぬいぐるみだ。夢ではなかった。

けど、これなら、このぬいぐるみが作ったと言われてもうなずけるかもしれない。だって……夢のような味なんだもの。こんな不思議な生き物が作っていて当然じゃないだろうか。

「こちら、マスターの山崎ぶたぶたさん。刈屋美澄さんです」

「どうもはじめまして――じゃないんですよね？」

「そうです。この間はごめんなさい」

あの時は逃げ帰ってしまったのに、今日は素直に話せた。

「おいしかったですか？」

「はい、とても」

「ありがとうございます」

ぶたぶたは、ペコリと身体を折り曲げた。

「特にソースが。こんなの、食べたことないです」

「ほんとですか？」

ぶたぶたはとても喜んでいるようだった。

「ほうら、みんなおいしいって喜んでくれてるんですよ、ぶたぶたさん。自信を持って」

久美子を見上げて、ぶたぶたは照れ笑いをしているようだった。

「新作なんですか？」

新メニューでは不安を抱くのもわかるが。

「いや、そういうわけではないんですが——よりおいしくしようとずっと改良していたんです」

「これ、ぶたぶたさんの——」

初めて名前を言ってみると、本当におとぎの国のレストランにいるようだった。

「——オリジナルのレシピなんですか？」

「いえ、師匠がちゃんといます」

師匠。おとぎの国のレストランにこれほど似合わない言葉もない。何だかおかしくて、久しぶりに笑顔になれた。

「また食べに来ます」

クリニックに来た時には、必ず寄ろう。

「ぜひ。お待ちしてます」

帰りは、ぶたぶたと久美子がカフェの入り口で見送ってくれた。気持ちが少し軽くなったようだった。

本屋の前を通りかかって、ふと足を止める。昔好きだった小説やマンガ——今、うちには置いていなかった。暗記するほど読み込んでいたあの本やこの本——。

読みたいな。

本屋の棚には、現代用に新訳された少女小説と、文庫本になったあの頃大好きだったマンガ家の作品集が並んでいた。美澄はそれらを手に取り、レジに運んだ。

他に子供の頃、何が好きだったのか、帰り道に思い出す。日の暮れるのも忘れて、やっていたこと。それをしばらく、やってみるのもいいかもしれない。


それから数ヶ月の間、二週間に一度クリニックに通い、〝Café《カフェ》 de《ド》 Vent《ヴァン》〟でガレットを食べ、ぶたぶたや久美子とおしゃべりをして——家では子供の頃読んだ本やマンガを読み返し、中学高校の頃に夢中だったミュージシャンのCDを買い直し、くり返し聴いた。納戸《なんど》の奥から編み棒を発掘して、テディベア用のセーターやマフラーを編んだ。ぶたぶたに編んであげようか、とも思ったが、恥ずかしくて言い出せなかった。

昔好きだったことをやっていると、時間と憂鬱な気分を忘れることができる。少しだけでも「楽しい」と思えるのは大きな進歩だった。

他にも、日光を浴びるのがよいと聞いたので、毎日散歩に出かけた。料理も自分の好物を中心に作るようにしたら、いくらか食欲も出てくるようになった。仕事も、「これしかできなかった」ではなく、「これだけできた」と思うようにして、ほめられる時は自分を思いきりほめるようにした。

薬が合っていたのも幸いして、半年後にはだいぶ意欲が戻ってきた。仕事もできる量が少しずつ増え、気分もだいぶ明るくなってきたので、友だちと会ったり、家事も前のようにこなせるようになってきた。知らない人と汗をかかずに話せるようにもなった。

元々軽い鬱だったのだもの。本当にひどいと、寝たきりのようになってしまうと言う。これだけいろいろなことができるのならば、すぐに治るのも当然だ。薬もずっと増えないままだし、このままもう飲まなくても何とかなるんじゃないだろうか。

美澄はクリニックに行くのをやめた。だがしばらく、散歩がてらカフェには行っていた。クリニック代わりと言ってもよかった。薬をやめて、ぶたぶたや久美子との会話——カウンセリングに通っているようなつもりだった。

薬をやめても特に鬱がひどくなることも眠れないということもなかったので、美澄は仕事を増やし、以前の生活ペースに徐々に戻していった。

だがそうなると、カフェにも行けなくなる。仕事と家事を予定どおりにきちんとこなすと、一日はあっという間に過ぎる。時間になかなか余裕が作れなかった。だが、元に戻ったと自分で思えることが、美澄にとって何よりうれしいことだったから、それは仕方のないことだ。

結局、夫には言わずにすんだ。医師にもぶたぶたや久美子にも、「ご主人に相談して」と言われて迷ったりしたが、彼は察してもいなかったと思う。少しばかり疲れて落ち込んでいただけ、と多分今でも思っているだろう。

「最近、体調いいみたいだね」

ついこの間も言われたばかりだ。誰にも知られずに病気が良くなることをずっと望んでいたから、美澄自身もほっとしていた。

だが、それは長くは続かなかった。

ある日また、気づいたのだ。夜中に目を覚ますことに。それだけでなく、マンションの上や下の階の音がひとたび気になると、まったく眠れなくなる。耳栓をして寝てみたが、両方すると今度は何かあった時（地震とか）に起きられないのではないか、と不安になる。片方だけ耳栓をして、もう片方は手で押さえて寝るようになった。

安眠にはほど遠いので、昼間眠くてたまらない。顔は今回、洗っていた。目を覚ますために水で何回も洗うのだ。そして、そのままほったらかし。肌がどんどんカサカサになっていく。だが、手入れをする気力がない。食欲も落ちた。散歩にも行けなくなった。ずるずると鬱におちいっていく自分に焦《あせ》り、夫に悟られないよう必死に繕う。そうすればするほど、気持ちはどんどん沈んでいく。しかも、半年前がどん底だと思っていたのに、それよりもさらに深く落ち込んでいることにも気がついた。

そんな……治ったと思ったのに。

クリニックにもう一度行かなくてはならないのだろうか。勝手にやめてしまったので、行きにくかった。別のところにした方がいいのかもしれないが……。

そうだ。明日久しぶりに〝Café《カフェ》 de《ド》 Vent《ヴァン》〟に行ってみよう。ベッドの上で目を見開いたまま、美澄は思う。とりあえず、カフェに行って、ぶたぶたと久美子に相談してみよう。それから新しい病院は決めよう。

半年ぶりに来た〝Café《カフェ》 de《ド》 Vent《ヴァン》〟は、何も変わっていないようだったが、久美子がいなくなっていた。代わりに若い大学生くらいの女の子がウェイトレスをしていた。

席はいくつか埋まっていたが、ほとんどの人は飲み物を片手に読書やおしゃべりを楽しんでいた。昼下がりののんびりとした時間が相変わらず似合う場所だった。

まさかぶたぶたまでいなくなっていたら——と思ったが、彼はいつものようにカウンターの中でコーヒー豆をひいていた。

「こんにちは」

「あ、刈屋さん、こんにちは。久しぶりですね」

そのまま美澄はカウンターに座った。半年前と同じ席。

「キャラメルのガレットとコーヒー、お願いします」

「はいはい」

コーヒーはカウンターのところでいれているが、ガレットは奥の調理場で焼く。巨大な丸い鉄板の上にタネを流し込み、それを薄く薄く広げて焼きあげるのだ。真ん中は柔らかく、周囲はカリッと。時間にして数秒だ。カウンターに座っていると、ぶたぶたが焼いているのが見える。鉄板があまりにも大きくて、そのままクレープに包まれてしまいそうだった。

「はい、どうぞ」

大皿の上に広げられたガレットとコーヒーが、カウンター越しに渡される。

「ありがとうございます」

ガレットを一口食べる。おいしい、と思う。けれど、以前来ていた時みたいに楽しくも幸せにもならない。味が落ちているわけではもちろんないし、おいしいものを食べている、と頭ではちゃんとわかっている。でも、ただそれだけ。

「どうしたんですか？　元気ないみたいだけど……」

ぶたぶたが心配そうに声をかけてくれる。

「ううん、何でもないんです」

無理に明るい顔を作って答える。

「それより――久美子さんはどうしたんですか？」

「ああ、彼女はだいぶよくなったんで、新しい職についたんですよ」

「えっ……そうなんですか」

ちょっと驚く。彼女と初めて会った時、美澄よりもたくさん薬を飲んでいるようだったから、見た目はどうあれてっきり重いものだと思っていた。

「まだ薬は飲んでいるけど、かなり少なくなってきたし、漢方薬だから、身体も楽になったみたい。仕事が決まった時は、ほんとに喜んでましたよ」

漢方薬か――顆粒の分包はそういうことだったのか。多く見えたのは、かさばっていただけなのだろうか。

「元気になったんですね……」

美澄は愕然《がくぜん》としていた。いくらここで働いていたとはいえ、彼女も自分と同じように心の病に苦しんでいた者同士……本当だったら喜んであげなくてはいけないのに、悲しさばかりが募《つの》る。自分だけ置いていかれたような気分だった。

美澄はナイフとフォークを置いた。これならどんな調子の悪い時でも食べられる、と思っていたガレットが食べられなくなった。のろのろとコーヒーをする。お気に入りのフレンチローストだったはずなのに、ただの苦いお湯としか感じられない。

自分がとても小さな人間に思えてならなかった。ショックを受けることなんかじゃないのに、自分のことしか考えられなくて……。

「大丈夫ですか?」

いつの間にかぶたぶたが隣の席に座っていた。

「もしかして、クリニックに行ってないんでしょう?」

美澄は素直にうなずいた。

「薬も飲んでないんですか？」

「ええ」

「調子がよくなってきたんで、やめちゃったとか？」

「そう。もう治ったと思って。元通りになったと思ってて」

「もう一度クリニックに通った方がいいと思いますよ」

「けど……勝手に行かなくなったこと怒られたりしませんか？」

「そんなことないない」

ぶたぶたは小さな手をぶんぶん顔の前で振る。

「お医者によってはそういう人もいるのかもしれないけど、少なくともあそこの先生なら大丈夫ですよ。来られなくなる理由は人それぞれですしね」

「ここには、あそこの先生、来るんですか？」

「うん、仕事が終わったあととか寄ってくれますよ」

それを聞いて、ちょっと安心する。ここでぶたぶたのコーヒーを飲んだりできる人なら、どんな状況にも対処できそうな気がする。

「またお医者に行きます」

「そうした方がいいですよ。調子が悪くなった時は無理しないで」

「無理ねえ……」

美澄は大きいため息をついた。

「どうしたら無理しないですむと思います？　『休んだ方がいい』ってお医者さんに言われたり本や何かに書いてあったりしますけど……もうどう休んだらいいのかわかんなくて……」

つい本音が出た。誰にも言ったことがなかった。医師にすら。自分で考えるべきことだし、そんなこともわからない自分を恥じていたからだ。

「調子はよくなってきてたんでしょう？」

「ええ」

「どんなことしてリラックスしてましたか？」

「子供の頃に好きだった本やマンガを読んで、中学高校の時に好きだった音楽を聴いて、他にも編み物とかしてました」

忙しくなってきた頃に、全部やめてしまっていた。

「あー、それはいいこと思いつきましたね」

「でも、今はもうどれもやる気がないし――イライラしたり、空《むな》しい時にそんなことばっかしていたから、いやになって飽きてしまったんでしょうか。かえって疲れたのかな」

空白を夢中で埋めていたから、疲れていたのにも気づかなかったのかもしれない。

「旦那さんにはまだ言ってないんですか？」

「ええ……やっぱり言いづらくて」

反応が怖いのだ。最近わかってきた。夫の機嫌《きげん》が悪いと、美澄の気持ちも沈んでしまう。ダメな妻だ、と思っているのではないか、と考えてしまうから。

「自分のことを第一に考えて」

と医師にも言われたが、無意識に夫の機嫌をうかがいながら生活をしているところがあるのだ。

「このまま元に戻れば、誰も知らないうちに治まるじゃないですか」

自分が鬱だということ、妻が鬱だということ、家族が鬱だということ――負担は軽い方がいいに決まっている。一人で抱え込むだけで充分だ。

「うーん、まあ、元通りになれば、だけど」

ぶたぶたは眉間《みけん》――ではなく点目間にしわを寄せてそう言う。

「僕は、元通りになる必要はないんじゃないかと思いますよ」

「え？」

意外な言葉に、美澄は耳を疑う。

「人は、変わっていけるものだし――チャンスだと思ってもいいんじゃないですか」

「そんな……チャンスだなんて……今さら別の人間になんて、なれないもの……」

いきなり変われない。ていうか、そんな簡単に言わないで。

「別の人間になるわけじゃなくて……変えられるところだけってことです」

「それだって、あたし一人で勝手に変わるわけにはいかない……」

涙が出てきた。

「だから、せめて旦那さんだけにでも言った方がいいんです」

言えない。今までおくびにも出さなかったのに。偏見のある精神科に通っているなんてことが知れたら……。

美澄は席を立った。初めてガレットもコーヒーも残して。

「疲れました……。もう帰ります」

「……すみませんね。余計《よけい》な話をしてしまって」

美澄は首を振り、「そんなことない」と言おうとしたが、声が出なかった。そんなふうに思っていなかったからだ。でも、ここでは言うべきだ。言わなくちゃいけない。

「……そんな」

ようやく言えたのは、これだけ。

「来週の水曜日、予約できてもできなくても、いらっしゃいませんか？　多分、久美子さんが来ると思うから」

美澄はその誘いに曖昧《あいまい》に首を振るだけだった。そして、逃げるように店をあとにする。

そのままクリニックへ行った。予約だけして家に帰る。来週の水曜日——けれど、カフェに行くつもりはなかった。

ぶたぶたとした会話を反芻《はんすう》して、自己嫌悪におちいる。思い出せば、言われたことはもっともなのだ。ガレットを残してしまったのも申し訳なかった。でも、あれだけ感動した味に何も感じなくなってしまった自分に、相当ショックを受けていた。もう何をしてもダメなのかもしれない。じゃあ、いったいどうすればいいのだろう。勝手に薬をやめてはいけない、とよく聞く言葉を守らなかったことを後悔していた。

予約の日、起きるのがつらかったが、何とか朝食を作り、夫を笑顔で送り出した。そのあと、しばらくソファーで丸くなっていた。眠くてたまらなくなってきたので、起き上がって水だけでばしゃばしゃと顔を洗う。せめて化粧水ぐらいはつけよう。ひどい顔をしていた。

時間に遅れないように、と言い聞かせながら、クリニックに向かった。半年前と同じ待合室、同じ診察室。同じ先生。叱られるかと思ったが、そんなことはなく、

「また調子が悪くなっちゃいましたか」

と言われただけだった。少し話を聞いてもらおうか、と思ったが、やっぱりうまく説明できない。前に診察を受けていた時も、医師と向かい合うと自分がいいか悪いかがよくわからなくて、つい「まあまあです」とか「少しいいです」とか言っていた。明らかに悪い今、正しく伝えないといけないのだが、それもどうすればいいのかわからない。

「じゃあ、今日は以前と同じ薬を出しておきますので。今度は少しずつ増やしてみましょう。薬が切れたら、すぐに来てくださいね」

「わかりました……」

待合室で待っている間、やはり後悔の念にさいなまれる。

もしかして、「こんなことしちゃだめじゃないか」と叱ってもらった方がよかったのかもしれない。だが、実際にそうされたら立ち直れない気もする。自分が人からどうしてほしいのかわからない。ただ放っておいてほしいのか、優しく慰めてもらいたいのか
——何もかもわからなくなってきた。

もう消えたい。こんな人間、いなくても誰も困らない。

「刈屋さん」

肩をぽんと叩かれた。はっと顔を上げると、久美子だった。

「お久しぶりです」

「こちらこそ……。あの……治ったんじゃないんですか？」

そう言ってから、決してぶたぶたはそう言っていなかった、と気がつく。

「薬を減らしているだけですよ。今日も診察受けに来たんだもの」

「そうですか」

「帰り、お店に寄ります？」

「いいえ、あの……」

「……どうしたの？」

美澄は泣き伏してしまう。受付の女性があわてて出てくるのが目の端に見えた。

「大丈夫ですか？　先生呼びます？」

「いえ、平気です……少し休ませてください……」

「無理しないで。カウンセラーさんにお話聞いてもらうこともできるし」

美澄は首を振る。久美子の手を握りしめる。彼女の処方箋《しょほうせん》がくしゃくしゃになった。

「じゃあ、とりあえずお休みしてましょうか。何かあったらすぐに先生来ますからね」

受付の女性はそう言って、カウンターの奥にひっこんだ。

美澄は久美子にうながされてソファーに座り直す。しばらく泣いて、少し落ち着いてくる。

「大丈夫？」

美澄はようやく久美子の手を離して、うなずく。

「何だか……前よりも具合が悪くなった気がして……」

「波があるものなんだから、仕方ないよ」

「ちゃんと薬を飲まなかったあたしが悪いの……」

「悪くはないよ。今度気をつければいいこと。でしょ?」

「またやめちゃいそうで……」

「そんなことない。治りたいと思ってるんでしょう?」

美澄はうなずく。

「だったら平気ですよ。一人で抱え込まないで」

「元のあたしに戻りたい……」

独り言のように美澄はつぶやく。久美子ははっと息をのみ、肩をぎゅっと抱いてくれた。

「元の自分に戻りたいよ……」

「あたしも昔はそう思ってたよ」

久美子の言葉に、美澄は何も言えない。

「けど、それはもう無理なんだよ」

「いやだ、そんなの……」

「元の自分に戻ることばかり考えていたら、くり返しになるだけなんだよ。少しでもいいから、自分を変えるの」

「そんなのできない……」

「できるよ。誰でも――人は変われるんだもん」

久美子は、美澄の顔をのぞきこんでニッと笑った。

「ぶたぶたさんが、そう言ってた」

「ぶたぶたさんが？」

「そう。『だけど、僕は変わらないままにしておく』とも言ってた」

美澄は首を傾《かし》げる。

「どうしてぶたぶたさんがあのカフェをやってるか知ってる？」

「……知らない」

「行ってみようか」

美澄は無意識にうなずいていた。それは、やっぱりぶたぶたに謝らなくちゃ、と思っていたからだろうか。

久美子のあとについて、〝Café《カフェ》 de《ド》 Vent《ヴァン》〟へ赴《おもむ》く。いつものようにのんびりとした雰囲気が漂っていたが——隅の方に少し緊張した面持ちの男性が一人で座っていた。やせて青白い顔をしている。女性客やカップルの多いこの店では珍しいお客さんだ。

「いらっしゃいませ」

ぶたぶた自らが出迎えてくれた。

「よかった、来てくれたんですね。ありがとう、久美子さん。ちょっとコーヒー飲んで待っててください。どうぞ座ってて」

ぶたぶたはいつになくソワソワしているようだった。奥に引っ込むと、すぐにウェイトレスの女の子がコーヒーを二つ持ってくる。

「元気？」

「うん、元気よ」

女の子と久美子は知り合いのようだった。

「いとこなの」

「あ、そうなんですか」

女の子が行ってしまったあとに、久美子は言う。

「ここで働いていると、元気になるの。あの子は別に病院に行ってたわけじゃないけど、落ち込みやすくて。だから、紹介してみたら、気に入ったみたい。ずっと笑えなかったのが、あんなに楽しそうになった」

含みのある言い方だったが、それ以上は何も言わなかった。聞かなくてもわかる気がした。

ぶたぶたが奥から大皿を持って出てきた。あのキャラメルソースのガレットが載っている。それを隅の男性の席に持っていく。何やら小声で話したあとにぶたぶたはまた奥へ消えていった。

男性はしばらく迷っていたようだったが、やがてナイフとフォークを取り、ガレットを一口食べた。一瞬手が止まったが、すぐにまた食べ続けた。半分ほど食べたところで再び手を止め、ナイフとフォークを置く。そのまま片手で顔を覆《おお》い、肩を落とした。

久美子が立ち上がった。肩を震わせている男性のところへ歩いていく。

「岩倉さん」

名前を呼ばれた男性がはっと顔を上げる。

「久美ちゃん……」

「お久しぶりです」

頬を涙で濡らした男性は、照れたように笑顔を作った。

「おいしいでしょう？　ガレット」

彼はうんうんと何度もうなずく。

「ものを食べて泣いたのなんて、初めてだ……。こんなに自然に泣いたのも、久しぶりだけど」

そう言ってまたうつむく。久美子は彼の肩に手を置いた。さっき美澄をなぐさめてくれたみたいに。

奥からぶたぶたが出てきた。足を止めて、二人の様子をじっと見やる。それを美澄が見つめていた。

ぶたぶたは、どうするんだろう。あの男性は誰なんだろう。どうして泣いているんだろう。昔のあたしのように、あの味に何か特別の思い入れがあるのかな。

するとぶたぶたは、久美子と男性の方ではなく、こっちのテーブルに近づいてきた。

美澄の影に隠れるようにして、二人を見守る。

「あの方――どなたなんですか？」

「岩倉さん。この店のオーナー」

てっきり、オーナーはぶたぶただとばかり思っていたのに。

「え……？」

「ぶたぶたさんはじゃあ――」

「僕は雇われマスターです。飲み物と他の料理を作るための。ガレットは、岩倉さんの専門なんです」

この店は確かに、ガレットだけではなく、お酒のおつまみに合いそうな料理も出していた。元々はそれを作っていた人だったのか。

「彼もあなたと同じ、心の病に悩んでいる一人です。多分、あなたがかかっている先生は、彼の同級生ですよ。もちろん、彼もあのクリニックに通ってたんですが、結局、店に出られなくなって、今は実家で静養してるんです。実家に引っ込んだ時、店をたたもうとしていたんだけど、僕が『まかせてくれ』って頼んでね。僕は彼のガレットが好きでここで働き始めたから。

苦労してフランスで修業してお店を開いたのに、彼はその時、もう自分のガレットをちゃんと味わえないどころか、作ることもできなかったんです。だから、僕が作って守っていこうと思ってね。

でも、もうレシピを教えてもらうこともできなくなっていたから、記憶を頼りに何とか再現していったんですけど、どうしてもキャラメルソースができなくて――。

メニューからはずそうかとも思ったけど、僕にとってもあのガレットは衝撃で、大好きだったから、あきらめられなくて――何年か試行錯誤して、ようやくできたんです」

「あたしが食べたのと同じですか？」

「そうです。あの時ができあがった直後でね。彼に食べに来てくれるように頼んだばかりだったんです。でも彼は、

『もう自分は昔の自分ではないから、会いに行けない』

って言うばかりだった」

美澄はその言葉に胸を突かれた。

「『好きだったものを何とも思わない自分を人に見られたくない』

って」

「でも、ああしていらしてる……」

ぶたぶたは、もしかして今日のことを美澄に見てもらいたかったのか――と、ふと思う。

「うん。やっぱり、中身がどうなろうと彼は彼だし。おいしいものはおいしいんです。ちょっとそう思わない時期があったって、本当に好きなものはきっとずっと好きなんです。もう昔と違うと彼は言うけれど、昔の自分じゃない部分は、そんなにたくさんじゃないんですよ。変わらなければならないから変わっただけで。自分で変えようと思うのが、とても大きいことなんでしょうけど、心の病にかかっていなくても、それはありえることなんだと思います」

彼は少しだけ変わったからこそ、ここに来たのかもしれない。

「元の自分に戻りたいと思うことは、だめなんでしょうか……」

「だめじゃないですよ。けど、誰でも元通りにするのは難しいってことです。でも、元通りに近くすることはできる。それはやっぱり、少しだけ変わるってことですよね。少しだけでも、心の病の人たちは他の人よりも大きな勇気やエネルギーが必要になる。他の人が普通にできることができないのがもどかしくて悲しい。でも、テコみたいなもので、力をそんなに使わなくてもやる方法が絶対にあるんです。それに気づくのがほんの少し人より遅いだけなんです。

薬やカウンセリングやいろいろな療法や、専門家だけでなく支えてくれる家族とか恋人とか――手助けがたくさんあります。ただの友だちの僕にだって、できることは少ないかもしれないけど、だからこそ、彼が好きだったものをそのままにしておこうと思ったんです」

「さっき岩倉さん――『ものを食べて泣いたのなんて、初めて』って言ってました」

変わってしまったあとでも、新しいことは起こる。変わってしまったら、そこで終わりだと美澄は思っていた。もう何もできないと思っていた。

「そう？」

「おいしいって言ってました」

「そうかあ……それはうれしいなあ」

岩倉が顔をあげた。美澄の影にいるぶたぶたに気づいた。

「ぶたぶたさん――」

ぶたぶたが岩倉のテーブルに近づく。彼は手を差し伸べ、ぶたぶたの柔らかい手を両手で握った。

そのあとはもうこっちには何も聞こえなかったが、岩倉の口が「ありがとう」と動いたように美澄には見えた。

久美子がテーブルに戻ってきた。水を一口飲み、静かに話し出した。

「この店がオープンした時は、オーナーとあたしとぶたぶたさんの三人だったの。あたしは結婚するんで辞めて、そのあとオーナーが病気になって——あたしも離婚してから病気になっちゃった。変わらないのはぶたぶたさんだけ。だから、ここに来ると落ち着くの。ぶたぶたさんがいつもいてくれるから」

一つだけ、美澄には気になることがあった。

「どうして……ぶたぶたさんがいたのに、病気になってしまったんでしょう」

あんなに優しく愛らしい存在が身近にいれば、心が疲れるなんてこと、ないのではないのか？

だが久美子は言った。

「ぶたぶたさんは、何でも癒《いや》してくれる魔法の存在ではないんだよ」

その言葉に、美澄は少なからずショックを受ける。魔法の存在——そう思わないわけ、ないではないか。助けてくれると、思うじゃない……。

「彼は、医者でも神様でもない。病気を治すのは自分なの」

自分。美澄はその言葉を心の中でくり返した。病気を治すのは、自分。

「ぶたぶたさんは友だちだから、余計に心配をかけたくなかった。どんな病気も、自分だけでなく周りの人に負担をかけるでしょう？　けど心の病は特に、言っても大丈夫な人、言わなくちゃいけない人、それもわからなくなるの。今なら、ぶたぶたさんは言っても大丈夫な人だったんだとわかるけどね」

そうか。あたしにとって夫は——言わなくちゃいけない人だ。だって家族だもの。

「久美子さん」

「何？」

「あたし……夫にちゃんと話します」

「そうだね。それがいいよ。絶対にいい」

今度、診察についてきてもらおう。そして、帰りにここに寄ろう。寄れるといいな。

「お腹空《す》いたな。何か食べない？」

「ええ」

美澄はほんの少しだが空腹を感じていた。

「刈屋さん、キャラメルのガレット？」

「はい」と言いかけて、美澄は気づく。そうか。ほんの少しだけ、少しずつ違うことをすればいいんだ。

「ううん、今日は違うのにします」

「え、何にするの？」

「えーと……このラタトゥイユのガレット」

「あ、それは――ぶたぶたさんの得意料理のガレット」

そうじゃないかな、と思ったのだ。

「でもそれはねえ――けっこうボリュームあるよ」

「そうなんですか？」

「半分こしようか」

美澄と久美子は、子供のようにうなずく。

「ぶたぶたさん」

ぶたぶたが振り向く。会釈をして席を離れると、岩倉はまたガレットを食べ始めた。

「注文いい？」

「はい、どうぞ」

「ラタトゥイユのガレット」

ぶたぶたがうれしそうに美澄を見上げた。

風が、テラスから吹き込んでくる。秋の匂いを運んできた。少しずつ季節が変わっていくのと同じに、自分も変われればいい。

焦らなくてもいいんだ。そしてまた疲れたら、ここに来よう。彼がいつでも、ここにいてくれるから。

最後の夏休み

何年ぶりにこの街へ来たのだろう。

駅前がすっかり変わっているのを見て、吹成一司《ふきなりかずし》は呆然と立ち尽くした。そうか……もう二十年近いのだ。変わって当然だった。

もう絶対に来ないと思っていた。いや、来られないと。

ここに住んでいたのは、小学校の五年生から六年生になるまでのたった一年——短いようだが、あの頃の自分にとってはひどく長かった。

それは、子供なら誰でもそうなのかもしれない。今ならわかる。あの頃は自分だけがそうだと思っていたのだが。

方向もよく思い出せないまま、駅を背に歩き出す。地面を走っていた鉄道は、高架になっていた。だが、ここが踏切だったと思い出すのはたやすい。それがわかると、頭の中に次々と道が浮かんできた。

駅前から離れるにつれ、見憶えのある家や店が多くなっていく。開発されているところと、そのままのところのギャップがずいぶん激しいが、一司にとってはいい目印になってくれた。

まもなく小学校が見つかる。校舎の壁が灰色からクリーム色に塗り替えられているだけで、他はほとんど違いがなかった。無理もない。あの頃はまだ、校舎が建て替えられたばかりだったはずだ。

一司のクラスは、三階のあの一番端の教室だった。窓際の席に座って、いつも外を見ていた。いつかこの街も去ることになる、と思いながら。

どの街でもそうだったのに、どうしてこの街にだけ帰ってきたのだろう。

一司は小さい頃から一つところに落ち着いたことがなかった。それは今でもそうだ。生まれてすぐに父親が家を出た。いまだに行方は知れない。多分どこかでのたれ死にをしていると思うのだが、別にどうなっていてもかまわなかった。ほとんど考えたこともなかったから。

母親は親戚に一司を預け、山間《やまあい》の温泉旅館に住み込みで働き始めた。だが、親身になってひとりぼっちの子供の面倒を見てくれる人はおらず、一司は親戚や里親の間を転々とさまよった。母からの仕送りが滞《とどこお》ることもあり、いらだちを自分にぶつける大人も少なくなかった。そのたびに一司は、冷めた目で彼らを見返した。周囲の人間はみんないじわるで、自分で身を守らなければ、といつも思っていた。

だが、母親からの電話ではいつも、こんな会話を交わしていた。

「元気?」

「うん」(身体だけはめっぽう丈夫だった)

「ごはん食べてる?」

「食べてるよ」(食事抜きなど日常茶飯事だった)

「学校楽しい?」

「うん」(行かないと怒られるから行っているだけ)

「勉強わかる?」

「大丈夫」(成績など気にしたことがなかった)

「〇〇さん(その時その時の里親の名)、優しくしてくれる?」

「うん、とっても優しいいい人だよ」

嘘をつくのは、母親を安心させるためでしかなかった。たまに帰ってきて一緒に出かける時が何よりも楽しかったが、毎日嘘ばかりをついていたら、本当のことを母親に話すこともできなくなっていた。

「一緒に暮らしたい」

そう言いたいのに、母親を前にしても楽しい嘘ばかりをつくしかなかった。どうせ嘘なら、

「早く働きに出て、楽をさせてあげる」

これくらい言えばよかったのに。今それができていない現実を、その頃に知っていたらよかった。

何度も転校して、友だちが一人もいなかった一司にとって、学校はもっとも関心のないところだった。先生はうるさいし、同級生たちの中には必ずいじめる奴がいた。最初のうちこそ、つかみかかったり、仕返しをしたりしたが、そのうち相手をしなければ自然に離れていくことを知る。かまわれるよりも無視される方がずっと楽だった。一人は慣れているし、気楽だし。

そんなふうに孤立をすることで受け流していた一司の学校生活の中に、あの子がひょっこりと現れたのだ。名前もよく思い出せない、同級生の女の子。背が小さくて、いつもそれを気にしていた。

ある日の給食の時、黙々と食べている一司に、隣の席の彼女が話しかけてきたのが最初だった。

「牛乳、飲まないの？」

嫌いだったので、いつも残していたのだ。返事をするのがめんどうくさかったが、一応うなずくと、

「じゃあ、飲んでもいい？」

女の子のくせに、と思ったことをよく憶えている。一司が差し出すと、

「ありがとう」

と言って、腰に手を当てて牛乳を飲み干した。

「おっさんくせえ」

一司の言葉に、

「そうかなあ」

と笑っていた。

あとから聞いたが、もっと背を伸ばしたくて、毎日たくさん牛乳を飲んでいたのだ。望みどおりに背は伸びたかな。俺は、いまだに牛乳は嫌いだが、身の丈だけは一人前になった。

それ以来、その子とだけはよく話すようになった。成績が良く、同級生たちとも仲が良く、先生からかわいがられていた彼女と親しくなるということは、風当たりが弱まることを意味していた。学校から里親宅に連絡が行くことが何よりもいやだった一司にとって、都合のいいことだった。授業中に指されるとよく小声で教えてくれたし、宿題も見せてくれた。

それなのに名前を忘れてしまうなんて、我ながらひどい。でもそれは、彼女の父親のせいだ。憶えているのは、父親の名前だけ。あまりにもそっちの印象が強すぎたから。

それは、彼女の家へ何度目かに行った時だ。たまに学校帰り、彼女の家で宿題をするようになっていた。路地の奥の、古い小さな平屋の一軒家だった。

いつもなら母親と妹がいて、やんちゃな妹に邪魔されながら二人で宿題をするのだが、その日は家に誰もいないようだった。

「あっ、お父さん」

しかし、玄関で靴を脱ぎながら、彼女は言う。まるで、廊下の奥に誰かがいるかのように。

「お友だち？」

男の人の声がした。

「うん。吹成一司くん」

廊下の奥から、とことことぬいぐるみが歩いてきた。ピンク色のぶたのぬいぐるみ。大きさはバレーボールくらい。ビーズの点目に、大きな耳の右側がそっくり返っていた。

呆然としている一司を見上げて、

「こんにちは」

と挨拶をした。鼻をもくもくと動かしながら。

「あたしのお父さんだよ」

彼女も言う。正直、こいつおかしいのか、と思ったのだが、実際に動いているわけだし。お父さんかどうかは別にして、目の錯覚と思いこもうとしてもなかなか難しい。一応ちょっと頭を下げてみた。彼女の母親にいつもするように。

「よく来たね。おやつあるから、食べてきなさい」

彼女はくんくんと鼻をひくつかせて、

「あっ、ドーナツだ！」

と歓声をあげた。一司はまだぬいぐるみから目を離せない。

「どうしたの？」

その質問は、ちょっと意地悪じゃないか、と思う。誰だって見るはずだ。「どうしたの」も何も、不思議だから見ているに決まってるじゃないか。

「ほんとにぬいぐるみ？」

「うん」

「ほんとにお父さん？」

「そう」

「ほんとにほんと？」

「そうだよ」

「何て呼べばいいの？」

「ぶたぶたって呼んでいいから」

「ぶたぶた⁉」

大声で呼び捨てにしてしまう。でもぶたぶたなんて――本当に架空の生き物みたいな名前だ。

まさかあの子も、もしかして半分はぬいぐるみなんだろうか。

その頃はまだおくてで、子供が生まれることについての知識などなかったけれども、「ハーフ」という概念はなぜか知っていた。とはいえ、それ以上はもう、考えようとしてもうまく思考が働かない。

頭、悪かったからなあ。あの子がいっしょうけんめい勉強を教えてくれたが、飲み込みが遅くて、いつも先に飽きるのは一司の方だった。だからその時も、それ以上は考えないようにしたのだ。ただ、大人の男性が嫌いだったから、それよりぬいぐるみの方がずっといい、と思ったのも確かだった。

まだ熱々のドーナツは、とてもおいしかった。彼女の母親は、よく手作りのおやつを用意してくれていた。

あの頃、母が作ったもの、あるいは母と一緒に食べたもの以外でおいしいと思ったのは、あの家の食べ物だけだった。

小学校に入ってみようと思ったけれども、今のご時世ではそれはかなわない。閉め切った校門の中で、子供たちが遊んでいた。こんなヤクザのような怪しい風体《ふうてい》では、のぞいているだけでも通報されてしまうかもしれない。一司は小学校から離れた。

小学六年生になる前の春休みに、一司はこの街を離れて、また別の街へ移った。結局、親戚や里親の誰もが自分の面倒を見あぐね、児童福祉施設に入らざるを得なくなってしまったのだ。そこには自分のような子供がたくさんいたけれども、中学を卒業するまで誰とも打ち解けることはなかった。

ショックだったのは、そこで自分の母が「子供をほったらかしにしている」と言われたことだった。職員が口にしたわけではないけれど、どこかから聞きつけたか、あるいは嘘を言ったのか——よくわからないが、そう言って一司をいたぶる子供がいたのだ。わかりやすいいじめではなく、同情するような口調で。

「でも、金送ってくるだけいいよな」

と付け加えて。

母は忙しいだけだ。一緒に住みたくないのではなく、お金を一司に送るだけで精一杯なのだ。手紙にめったに返事が来ないのも、電話がたまにしかかってこないのも、いっしょうけんめい働いているからだ——。

真相はわからない。結局、一司は生まれた時から一度も親と一緒に暮らすことがなかったから。

でも、ぬいぐるみが親っていうのはどうなんだろう、とあの頃は思っていた。親なんていてもいなくても同じではないか、と思っていたからだ。だって、ぬいぐるみじゃあ何もできない。あの子だって見た目は人間みたいでも、中身の半分はぬいぐるみなのだ。これから大人になるにつれて、どうなるのか。もう大きくなれないかもしれないし、ぬいぐるみみたいに変わってしまうかもしれない。生きて動いていたって、しょせんぬいぐるみのできることなんて、限られている。「お父さん」が名ばかりの人間をたくさん見てきた一司にとって、そういうのとちっとも変わらないと思っていたのだ。

けどそれなら、人間とぬいぐるみ、どっちの「お父さん」の方がいいんだろう。そこまでは一司にはよくわからなかった。ひどい人間だったらぬいぐるみの方がましかもしれない。

結局、一司には「お父さん」がわからなかったのだ。「お母さん」はまだわかったつもりだったけれども、そもそも「お父さん」はいないのだから。

あの子も同じことなのかな、と一司は思っていたらしい。


ぬいぐるみじゃ何もできない、と思ったのは、根拠がなかったわけではない。一司と彼女、その妹とぶたぶたと一緒に花火をやった時にそう思ったのだ。

花火は、うんと小さい頃、一度だけ母と旅行に行った時、浜辺でやったことをよく憶えている。誰かに言いつけられたように、大きな花火から順番にやって、最後は線香花火。二人でしかつめらしく花火を見つめていた。線香花火の最後の玉が落ちた時は、思わずため息が出た。明日には母と離れてまた別々に暮らさないといけない。

それ以来、花火が嫌いになった。親戚の子供たちがやっていても、一司だけは家の中にいた。はじける火花を見ていると、あの夜を思い出すから。泣きたくないから、絶対にやりたくなかった。

だが、五年生の夏休みが始まった頃、駄菓子屋にあの子と二人で行った時、

「一緒にやろうよ」

とぶら下がっている花火を指さし誘ってくれたのを、なぜか断ることができなかった。もうだいぶ大きくなっていたからかもしれない。多分泣かないと思ったのだろう。実際に泣かなかったし、案外楽しかった。

でも、その時に付き添っていたぶたぶたは、何もせずにただ見ていただけだった。バケツの水を汲《く》んで、ろうそくを持ってきたくらい。火を扱ったのは、一司と彼女だった。

「お父さんは見てて」

そう彼女に言われて素直に従っているようにしか見えなかった。少し離れたところにちんまりと座って花火をながめている様は、本当にただのぬいぐるみでしかない。かわいいけど、ほんといてもいなくてもかまわないではないか。

「花火きれいだね、お父さん」

と彼女や妹が言うと、

「そうだね」

と返事をするくらい。そんなの、誰でもできる。

お父さんってそういうことなのか。ぬいぐるみにでもできること。いなくてもかまわないこと。

それに気づいていないあの子は、ちょっとかわいそうだ、と一司は思っていた。

菓子屋は、変わらないままそこにあった。やはり花火がぶらさがっている。そろそろ夏休みだ。今日はもう、すでに真夏日になっていた。

誰もいない店先でソーダアイスを買い、ボロボロのベンチに座って、一人で食べた。あの頃、当たりが出ると本当にうれしかった。こづかいが少なかったけれど、やっぱり冷たいものをたくさん食べたかったから。あの夏も暑かった。

そういえば、プールにもみんなで行ったな。学校のプールすら夏休みの間に通ったことがなかったのに、ここの区民プールにはひと夏の間、何度行ったことか。

たいていはあの子の母親が連れていってくれたが、ぶたぶたが一緒に行った時もあった。どちらの場合もおいしいお弁当つき。

母親は妹と一緒にプールに入って相手をしていたりしたが、ぶたぶたはほとんど荷物の番をしているだけだった。妹の面倒も、子供プールのプールサイドから。

「何で泳がないの？」

と一度訊いたことがある。ぶたぶたは「うーん」と悩んだ末、

「あとがいろいろと大変でね。塩素は色が抜けるんだよ」

何だかうまくごまかされたように思った記憶がある。このままポーンとプールに投げてしまおうか、と思ったこともあったが、何だかんだ言ってもあの子が大切にしているぬいぐるみであることには変わりない。

その時の一司は、溺《おぼ》れはしないが満足に泳ぎもできない、というありさまだったが、彼女は丁寧《ていねい》に平泳ぎとクロールを教えてくれた。初めて二十五メートル泳げたのもあの夏だった。今、プールや海で恥をかかないでいられるのも、彼女のおかげだった。

だから、そんな意地悪はやめよう、と思った。そんなことをしたら、もうプールに一緒に来ることも、花火をすることも、夏休みの宿題をすることも、その他のたくさんの約束も、全部なくなってしまう。それはいやだった。

ずっとずっと、そう思っていたら、今自分はここにいるだろうか。

も大きく変化、なくなっていた。その場所には、大きなマンションが建っている。周辺まま残されていて、だが、さびだらけで目をこらさないと読めない古い地図がそのそこがプールだったというのがわかったのだ。

プールの隣の公園もずいぶんと整備をされていて、遊具も様変わりをしていた。確か噴水があったはずなのだが――それはただの池に変わっていた。今風に言えば、ビオトープ、という奴か。

その周りに丸く配列されたベンチに座ってひと休みする。木陰がいい具合に太陽を遮り、ビオトープの上を渡る風が涼しかった。

ここから目的地までは、もうすぐだ。

だが、その途中に小さな児童公園を見つけてしまう。あのベンチに、二人で座っていた。それがあの夏の最後の思い出。

この街の悪い思い出は少ししかなかった。他の街に比べれば、数えるほどしかない。なのに、そのわずかな思い出が自分を苦しめる。自分が子供の頃にしたことは後悔はおろか、ほとんど憶えていないに等しいけれど、この街でのことだけはいつも思い出し、後悔せずにはいられない。

きっかけは、かき氷だった。自分のこづかいで買ったカップの赤いかき氷。冷凍庫に入れておいたそれを、親戚の子供に食べられてしまった。文句を言うとその子は、

「名前を書いてなかったからさ」

とうそぶいた。だから、次に買った時は、マジックで名前を大きく書いておいたのだ。

それでも食べられた。

「名前、書いといたんだけど」

と言うと、

「あ、そう？　気がつかなかったな」

そうしらばっくれる。

くやしくてたまらなかった。そいつは冷たいものが大好きで、かき氷機を買ってもらって毎日のように食べているくせに。一司にかき氷を作ってくれたことなど、もちろん一度もない。これみよがしに目の前で食べるのが大好きなのだ。

「氷、作っておけよ」

と命令までする。製氷皿が空っぽだと「頼んだのにやらない」と自分の親に言う。一司はねちねちと小言を言われたり、食事抜きの罰を受けたりする。

しかし、これはそんなに珍しいことではない。この家は、まだいい方だった。暴力を振るわれなかったから。いくつもの家で、これよりひどい仕打ちに耐えてきた。別に何ともない、と思っていた。

だが、その夏は違った。一司には友だちがいたのだ。くやしさを言う相手が、ちゃんといた。

あの子にかき氷のことを話すと、しばらく怒ったあと、

「じゃあさ、明日うちにおいでよ!」

なぜかうれしそうに言った。

「うちのかき氷機ね、お父さんが古いのを見つけて買ってきたんだけど、大きな氷で作るから、普通の氷で作るのよりもずっとふんわりしていて、おいしいんだよ。お店で食べる奴みたいなの」

「そんなに違うものなの?」

「違う違う!　お父さんが作ると、また違うんだから」

そんな、ただハンドルを回して氷を削るだけではないか。そんなこと、一司にだってできる。

「氷を凍らすのに時間がかかるから、思い立ってすぐに食べられないんだけどね」

「ずっと氷作っとけばいいじゃん」

「冷凍庫がいっぱいだし、うちはかき氷をめったに作ってもらえないの……」

しょんぼりと言うのがおかしかった。なあんだ、結局自分が食べたいんじゃないか。けど、それなら遠慮しなくてもよさそうだ。

「じゃあ、明日行くよ」

そう言うと、ぱっと明るい顔になる。

「いっぱい食べようね。約束ね」

「うん」

それが、あの子との最後の約束になった。

次の日、約束の時間に彼女の家へ行くと、ダイニングキッチンの小さなテーブルの上に、巨大なかき氷機が置かれていた。

店などに置かれているのよりは小さいが、親戚の子のものより、はるかに大きかった。氷も製氷皿で作ったものを使うのではなく、専用の容器があるという。円筒形の大きな氷ができるのだ。

もっと驚いたのは、テーブルに並んだ様々なものだった。今で言うところのトッピング、という奴だ。シロップや練乳はもちろん、あずきや小さくカットされた果物まで。

「いらっしゃい、一司くん」

ぶたぶたは椅子に立って、何か機械のハンドルを回していた。

「ちょうど今、アイスクリームができたところだよ」

「わーい」

彼女が歓声をあげる。

「お父さんのアイス、おいしいんだよ。買って食べるのと全然味が違うの」

ぶたぶたがハンドルを回していた機械というか容器は、アイスクリーム製造器だったのだ。ぽてっと下に降りてどこかへ行ったのを見計らったように、妹がつまみ食いしようとする。

「だめだよ！　それはお客さんのもの」

妹はその声にぱっと指をひっこめる。背中に目があるのか、それともいつものことなのか。

「はい、じゃあ席について」

椅子の上に乗って、冷凍庫から氷の容器、冷蔵庫から四角い金属の皿のようなものを出すと、ぶたぶたは言った。

「今日は好きなだけ食べていいからね。でもお腹を壊さない程度に」

まずは一司に言う。そして、

「かき氷だけじゃなくて、クリームあんみつもあるから」

姉妹二人が手を叩く。

「クリームあんみつ？」

甘味処のサンプルで見たことがある。あんみつの上にアイスが載っかったものだ。そんなの、家で作るの？

「あの」

思わず一司はたずねる。

「何？」

「今日、おばさんは？」

「ああ、今日はちょっと用事があって、出かけているよ」

「朝から？」

「うん」

「あずきは買ってきたの？」

「ううん。うちで作ったんだよ」

「アイスも作ったの？」

見ていたけど、訊いてみる。

「そう」

「もしかして前食べたドーナツもぶたぶたさんが作ったの？」

「そうだよ」

何にもできないと思っていたのに。

呆然としている一司に、姉妹たちは気づかないようだった。

「お父さん、あたし氷イチゴ！」

「あたしは、氷メロン！」

口々にリクエストをする。

「一司くんは何にする？　やっぱりイチゴ？」

そう。一司が好きなのも氷イチゴだった。でも、それを言うことができない。幸せそうなあの子の笑顔。あの子はどんなことだって、この「お父さん」に言うことができるのだ。

「……氷レモン」

そう言うのが精一杯だった。そんなに大して好きでもないのに。

ぶたぶたは、しょりしょりと軽快な音を立てながら氷をかいた。小さなガラスの器も冷やしてある。そこへ白い雪のような氷が、山のように積もっていく。黄色いレモンのシロップがかけられると、しゅっ、とちょっとだけ山が縮んだ。

「はい、どうぞ」

ふんわりとしたかき氷は、本当に店で出されるもののようだった。親戚の子が食べているような見る間に溶けていくべちゃべちゃな氷ではない。風通しはよいがエアコンなしの台所であっても、なかなか溶けなかった。

スプーンですくって口に入れると、レモンの香りと甘い味とともにすっと溶ける。イチゴでなくても、すごくおいしかった。

姉妹たちにも氷が配られ、それぞれ真っ赤と真っ青な舌で、

「おいしいね！」

と連呼していた。

「一司くん、おいしい？」

あの子の笑顔の問いに、

「うん、うまい」

おいしくてびっくりしていたから、まだ正直な気持ちを言うことができた。

「じゃあ、次は好きなものを載っけて食べていいよ」

ぶたぶたの言葉に彼女は、

「一司くん、練乳かけて、アイス載っけて、あずきも載せるとおいしいよ」

そう言って、そのとおり作ってくれた。あずきは少しゆるく、あまり甘くない冷たいぜんざいのようだった。アイスはものすごく濃厚だった。やはりあまり甘くなかったが、練乳と混ぜると、ちょうどよくなる。今まで一度も食べたことのないかき氷だった。

「次はクリームあんみつね」

「冷たいものばかりだとお腹壊すよ。普通のあんみつだけにしておけば？」

「えー、そんなあ」

彼女はぬいぐるみにたしなめられて、ぷっと頬をふくらませた。

「でも、一司くんには作ってあげるんでしょ？」

「お腹は大丈夫？」

一司はついうなずいてしまう。どうしても食べたかった。

ぶたぶたは、金属の皿の中から寒天の平たいかたまりを取りだし、小さなナイフでサイコロ状にカットしていく。あの手でどうしてこんな器用なことができるんだろう。寒天とフルーツを混ぜ、アイスとあずきを載せて、ハチミツの容器から黒いシロップをかけた。今思えば、あれも手作りの黒蜜だったのだろう。

最後にさくらんぼをちょこんと添えて、

「はい、どうぞ。豆が入ってないのは許してね」

姉妹のうらやましそうな視線を浴びながら、一司はクリームあんみつを食べた。あの時に食べて以来、同じ味に出会ったことはない。あの夏だけの、特別な味。でも、あの子にとってはいつもの味なのだ。


その日の朝、母から現金書留とともに手紙が届いていた。

「ごめんなさい。夏休みの間に会いにいけそうにありません」

別にそんなの、大したことではないと思っていたが、ぶたぶたの家で過ごす時間が長くなるにつれ、その言葉が重くのしかかる。

クリームあんみつを食べ終えたと同時に、一司は席を立った。

「おいしかったです。ありがとう。もう、帰ります」

棒読みのセリフのようにそう言って、返事も待たずに家を飛び出した。あの子が何やら叫んでいたが、聞こえないふりをした。

走って走って、児童公園のベンチに倒れ込んだ。食べてすぐに走ったから、横っ腹が痛くなってしまったのだ。

「一司くん！」

彼女が追いかけてきた。ぜえぜえ言いながら、隣に座る。

「どうしたの？　かき氷、おいしくなかった？」

「ううん……うまかったよ」

その時はまだ素直に自分の気持ちを言うことができた。

「ごめん……。今朝、母さんから手紙が来てて……夏休みに会えないって」

彼女には事情をくわしく話してあった。何となく知られている、ということはあっても、自分から話したのは彼女が初めてだった。

「そうなの……淋しいね」

こくんとうなずく。蟬《せみ》の声がうるさく響いていた。まだ午前中なのに、こんなにも暑い。汗がだらだら流れてくる。まだ横っ腹が痛かった。

「あのさ……ずっと言おうかどうしようか迷ってたんだけど」

蟬の声に紛《まぎ》れるくらい、彼女にしては少し小さな声だった。

「何？」

「一司くんがいろいろ話してくれたから、やっぱり言うね。あのね……あたしも本当のお父さん、どこにいるかわかんないの」

「え……？」

意外な言葉に、腹の痛みも忘れる。

「外国にいるらしいんだけど、そこまでしかわかんない。今のお父さんと、お母さんは知ってるのかもしれないけど、あたしと妹は知らないんだ。本当のお父さんとお母さんは、妹がお腹にいる時に離婚したんだって。でも、あたしもほとんど憶えてない。だって、全然帰ってこなかったんだもん。妹が生まれてから、今のお父さんと知り合って、結婚したんだって」

——だから、淋しいのはあなた一人じゃないんだよ。

そんな声が聞こえたようだった。

違う。全然違う。俺とは違う。だって、今はちゃんとお父さんがいるじゃないか。お前のためにおいしいものをいっぱい作ってくれるお父さんが。それだけでも、充分じゃないか。

俺には、誰もいない。お母さんも、会いに来てくれない。誰も俺においしいものなんか、作ってくれないんだ。

「なあ」

「何？」

「今のお父さん、好きか？」

「うん。大好き」

その時から、一司は人の言葉を素直に聞くことをやめてしまった。

「そうか」

「また遊びに来て。お父さんも楽しみにしてるよ」

ながら。

そんなの、嘘だ。

「俺、帰る」

「一司くん……？」

一司は振り向かずに、親戚の家へ戻った。そこは自分の帰るところではない、と思い

それから新学期が始まるまで、一司は彼女と顔を合わせることはなかった。していた約束はすべて破り、心配して電話をかけてきてもろくに話もしないで切った。

「いやな顔されるから、電話してくるな」

とまで言った。

それでも、学校で顔を合わせれば彼女は変わらず、いつものように明るい笑顔で話しかけてきた。それが、うっとうしくてたまらない。

「あいつ、変だよな。ぬいぐるみを父親だと思ってるなんてさ。何もできないぬいぐるみをさ」

一司は同級生たちにそんなことを言うようになった。彼女の家の事情を知っている子

にも知らない子にも。

「ほんとの父親はどっか行っちゃったんだって」

そんなことも言った。それは、誰も知らなかった。

でも、そう言えば言うほど、一司は自分が孤立していくのを感じていた。便乗して彼女をいじめる奴がいなかったわけではなかったが、かばう子も必ずいた。彼らは、少なくともぶたぶたのことを知っていた。彼女をかばうと同時に、ぶたぶたもかばっていた。みんな、彼女のこともぶたぶたのことも好きだったからだ。

いじめる奴の方が、明らかに分《ぶ》が悪かった。先生が出る幕もなく、いじめはおさまる。それでも、一司は言い続けた。誰もが知っているようになっても。彼女には決して直接言わずに。

「どうしてあんなこと言うの？」

一度だけ、彼女が涙ながらに訴えたことがあった。誰もいない放課後の教室で。

「うざいんだよ」

一司はそうひとことだけ言った。

「あたしのせい？　お父さんのせい？」

誰のせいでもなかった。一司自身の都合だ。淋しさにつぶされないための。

「あたしのことはいいけど、お父さんのことは悪く言わないで。本当のも、今のも」

こいつは、自分を捨てた父親をもかばうのか?

信じられなかった。もう、つきあいきれない。

彼女を見ないまま、教室を出た。あの日のように、彼女は追ってきてはくれなかった。

それから今まで、彼女と言葉を交わしていない。もちろん、ぶたぶたとも。

一度、ばったり行き合ったことがある。もしかして待っていたのかもしれないが、それはどうでもいいことだ。一司は走って逃げた。走りながら振り返ると、ぶたぶたは短い足で必死に追いかけていた。追いつくわけもないのに、走り続ける。

一瞬、ぶたぶたがかわいそうに思えて立ち止まろうと思ったが、

「一司くん!」

自分を呼ぶ声がまるで怒っているように聞こえた。それから逃げるように、一司は走り続けた。聞こえなくなるまで。お腹が痛くなっても、走った。誰にももう追いかけてきてほしくなかった。

〝山崎〟

その表札を見つけて、一司の足は止まる。

ぶたぶたの家は、あの時のままのように見えた。いつも花が咲いている小さな庭に、縁側のある窓。外壁は塗り直したようだが、誰がやったのか、手作り感たっぷりだった。それでもだいぶ古く、そして小さいように感じた。古いのは仕方ないし、小さいのは自分が大きくなったからだ。

中学に入って、背が急激に伸びた頃から、夜遊びを憶えた。悪い仲間が増え、施設の職員を困らせるだけ困らせた。捕まらなかったのが奇跡みたいなものだった。

中学を卒業してからは、水商売を中心に職を転々とする。稼いでは派手に使い、また職を変えては稼いで——そのくり返し。いまだに仕事が長続きしないままだ。

多分あの子とは正反対の人生を歩んでいるに違いない。父親に捨てられたことは同じなのに。

いつの間にか手の中の封筒を握りしめていた。あの日のように、今朝も手紙が届いていた。母からの。中学を卒業してから、一度も連絡も、会うこともなかった母から。

それには震えた字で、こう書かれていた。

やっと居場所がわかりましたので、病院のベッドでこの手紙を書いています。今までの母の仕打ちを恨んでいるでしょうね。ずっとほったらかしてごめんなさい。本当に本当に、ごめんなさい。

何もかも駄目だった母を許してくれとは言いません。でも、会いたいのです。何を言っているのだと怒るかもしれません。でも、会いたいです。

本当は、一緒に暮らしたいのです。無理なことはわかっていますが。ひと目でいいから、顔を見せて下さい。殴りに来てもいいです。声だけでもいいです。お願いします。

封筒には、長野県の病院の住所と電話番号が書いてあった。あの時と違うのは、お金の代わりに露草《つゆくさ》の押し花のしおりが入っていたことだ。母が大好きだった花だ。

一司は手紙を読んで、いてもたってもいられず、なぜかこの街にやってきた。どうしてだかわからない。だが、このくたびれたぶたぶたの家の前に立って、ようやく気づいた。母に会いたい。できれば一緒に暮らしたい。でも、会いに行く勇気が湧かない。それは、あの子にしたことを謝っていないからだ。彼女にもう一度会って、謝りたい。そして、母と離れたこんなひねくれた不憫《ふびん》な子に優しくしてくれたぶたぶたにもお礼を言いたい。そしたら、胸を張って母を迎えに行けるだろう。

それまで夏休みなど一司にとって、淋しいうっとうしい、退屈なものでしかなかったのに、彼女と一緒にいると毎日が楽しかった。あんなに笑って、しゃべって、いろんなことをしたあの子との夏休みは、どの思い出よりも輝いている。あれが一司の、最初で最後の夏休みだったのだ。多分、もう一生、あんな夏を過ごすことはできないだろう。

大切なたった一人の友だち。そして、おそらく初恋の子。

ひどいことをして、すまなかった。バカだったよ、俺。

はっと気づくと、縁側にぶたぶたが立っていた。あの頃よりも色褪《いろあ》せ、毛羽立《けばだ》っている。この家とあまりにもなじんでいて、わからなかった。

でも、その他はまったく変わっていないように見える。

「どちらさま？」

声も同じだった。

「あの……」

喉がカラカラで、うまく声が出ない。でも、その短い返事に、ぶたぶたの点目が一瞬、見開いたように見えた。

「もしかして……一司くん？」

えっ⁉　憶えていてくれた⁉

「そうです……」

一司はやっとそう答えると、深々と頭を下げた。

「大きくなったねえ」

「ぶたぶたさんは――」

変わらないですね、と言おうとして、ようやくあの子の名前を思い出した。ぶたぶたが彼女を呼んでいる声が、甦《よみがえ》ったのだ。

「――元気でしたか」

「うん、みんな元気ですよ」

「そうですか……」

それ以上、何も言えなくなった。どう切り出せばいいのか、思いつかない。

「上がりませんか？」

自分に対してぶたぶたが丁寧な口調なのが妙だと思いながら、一司はうなずいた。

家の中も変わっていないように思えたが、何だかすっきりして見える。あの頃あった子供のおもちゃや机などがなくなっているからだろう。平屋の小さな家も、ぶたぶたしかいないととても広く思えた。

「座ってください」

ダイニングテーブルも同じだった。テーブルクロスが変わっていたが、この脚や椅子に見憶えがある。あの頃なかったエアコンが居間の方についていたが、電源は入っていなかった。やはりこの家は、風通しがよくて涼しい。

「ご家族は？」

「今は奥さんと二人。買い物に行ってます。娘たちは独立しました」

麦茶をコップに注ぎながら、ぶたぶたは言う。

「あの……」

名前がなかなか言い出せない。だが、ぶたぶたは察してくれた。

「ああ……あの娘《こ》はね、結婚しました。下の子はまだ独身ですけど」

「結婚したんですか……」

それは容易に想像できることだった。多分そうだろうと思っていた。何か期待をしていたわけじゃない。本当にそうだ。

一司は、心からうれしかった。きっと幸せな結婚をしたのだろう。ぶたぶたの落ち着いた口調から、それがわかる。

「今日は、昔のこと、謝りに来たんです」

ようやく話を切り出せた。だが、ぶたぶたはずっと黙ったまま、何も言わない。点目だけでは表情もわからない。どうしたんだろう。怒っているのだろうか、やっぱり。でも、それは当然のことだ。何を言われても仕方のないことをしたんだから。

「――心配してたんだよ、ずっと」

だがぶたぶたの鼻がもくもく動いて出てきたのは、こんな言葉だった。

「家族みんなで、ずっと心配してたんだから」

「え……？」

「忘れてなかったよ、一司くんのこと」

思いがけないことに、一司はうろたえる。

「どうして……？」

「だって君は、あの娘《こ》の友だちだったでしょう？」

一司は呆然とする。自分だけの一方通行の気持ちだとばかり思っていたのに。

「すみません……ごめんなさい。迷惑かけて……」

言葉にするとこんなに陳腐《ちんぷ》なことはなかったが、今はこう言うしかなかった。頭も下げる。

「いいんだよ、もう」

ぶたぶたはわかっているんだろうか。自分ではいまだによくわからない、あの時のむちゃくちゃな気持ちを。

「あの娘《こ》も、許してるから」

そう言われても、思い出すのは彼女が泣きじゃくっていたあの夕方の教室だった。その思い出が、ずっと一司を苛《さいな》んでいた。友だちを泣かせた思い出しか残っていないなんて、あまりにも悲しすぎる。

その時、一司ははっと顔を上げる。

ああ——母もきっと、そうなのだ。彼女の中の俺は、多分淋しそうな顔しかしていない。それを笑顔にしたい。謝って、お礼を言って、やり直して。

今、一司がここにいるように。


「六年生の時に転校してから、どうしてたの?」

一司は、施設の生活や中学卒業後のこと、いろいろやってきた悪いこと、そして、今朝の母からの手紙のことまで、ぶたぶたに話して聞かせた。

「大変だったんだね、やっぱり」

「そんなことないです」

自業自得《じごうじとく》という奴だ。

「お母さんと暮らすの?」

「わかりません。とにかく会いに行ってみます」

身体の具合がどの程度であるのかもわかっていないから。家に帰れるくらいであればいいのだが。

「そうだね。まず会っていっぱい話さないと」

「はい」

話したいことがたくさんある。だってずっと待っていたことなんだから。

「そうだ」

ぶたぶたがぽむっ、と手を叩いた。

「かき氷、食べない？」

「え？」

「子供たちがいなくなってから、冷凍庫が空いてね。夏になるとかき氷用の氷を常備するようになったの。近所の子供が食べに来るから」

一司の返事を待たずに、ぶたぶたは椅子から飛び降りた。踏み台をひっぱって冷蔵庫の前に置き、中をのぞきこむ。

「シロップとあずきと練乳はあるし。アイスはハーゲンダッツので許してもらえる？」

「もちろんです、そんな」

あの手作りアイスクリームは本当においしかった。いつかもう一度食べたいとは思うが、今でなくたって平気だ。

「クリームあんみつはちょっと無理だけど、あの時できなかったものとして——」

ぶたぶたはバーンと何かを差し出した。抹茶?

「宇治金時ができるよ」

二人で顔を見合わせ、そして笑い出す。小学生ではなかなか好まないメニューだ。

あの時と同じ、さらに年季の入ったかき氷機は、茶だんすの上に置かれていた。

「申し訳ないけど、取ってもらえるかな?」

「はい」

持ってみると予想通り重たい。安定感は抜群だ。

「ごめんね。自分より背の高い人がいると、つい頼みたくなるんだよね」

「え? 一人だったら、自分で取るんですか?」

「そうだよ。ちょっとつぶれちゃうけどね」

そんな冗談みたいなこと——。

「……いろんなことできるんですね」

「まあね。火はちょっと苦手だけど」

……そうか。だから花火の時、「お父さんは見てて」と彼女は言ったんだ。できないからじゃない。誰でも苦手なことはある。

「気をつければ大丈夫。だから、料理もするよ」

「ドーナツ、作ってましたね」

「あー、今でも作るよ。食べに来る子がいるからね」

あの頃の一司みたいな子供だろうか。いや——同級生たちも相当たくさん、この家に出入りをしていたはずだ。いろんな子供たちが、ここには集まる。一司みたいな淋しい子も、彼女のように幸せな子も。今でも、それはきっと変わらない。

ぶたぶたが冷凍庫から氷を出し、かき氷機にセットする。

「あ、俺に氷削らせてください」

「やってみたい?」

彼女は「お父さんが作ると、また違うんだから」と言っていた。それは果たして本当だろうか。

小さなガラスの器は、当時と同じものかどうかはわからなかったが、冷たく冷やしてあるのは同じだった。

一司がハンドルを回すと、がりがりと耳障《みみざわ》りな音がして、器の中に氷がたまっていく。何だかぶ厚い。氷の粒が見えるようで、ふんわりしていない。べちゃべちゃとすぐに溶けてしまいそうだった。

「あれー？」

けっこう難しい。ただ回せばいいと思っていた。

「もっと軽い力でやらないとだめみたいなんだよ」

ぶたぶたが回すと、かき氷機はしょりしょりと涼しげな音を立てる。できた氷はやっぱり美しく、雪のようだ。

「僕は手が軽くて、力があまりかからないからね」

作り手の腕に左右される機械のようだ。でも、あの時はそんなによく見なかったのでわからなかったが、何だかかき氷を作る様がとても楽しい。大きな氷が少しだけ減っただけなのに、かき氷はその何倍もできるのだ。今でも見ていて、ワクワクしてくる。

「あ！」

できあがったかき氷にシロップをかけていたぶたぶたが、大声をあげる。

「どうしたんですか？」

「レモンのシロップがない……っていうか、イチゴのシロップしかなかった。ごめんね……」

白い氷には鮮やかなイチゴシロップがかけられていた。

「もしあれなら、これは僕が食べるけど」

「ううん、いいんです」

一司は首を振る。

「あの時、本当に俺が食べたかったのは、氷イチゴだったたんです」

「そうなの？」

「どうして氷レモンなんて言ったんだろうな……。いや、それもとってもおいしかったんですけどね」

一緒に食べて、彼女と真っ赤な舌を見せ合いっこすればよかったのだ。そうすれば、こんなに遠回りをしないでもすんだかもしれないのに。

「いただきます」

イチゴの香り、甘い甘いシロップが氷とともに口の中で溶けていく。あの最初で最後の夏休みの一日が、甦る。

「おいしいな」

素直に言葉が出た。その時、一司は確かに子供の頃に戻っていた。ぶたぶたが変わっていなかったからだけではない。

――あの時から、やり直してもかまわないよ。

と、どこぞの神様が言ってくれたように思えた。


「ごちそうさま」

一気に食べ終えた一司は、大きなため息をついた。

ふと見ると、ぶたぶたもかき氷を食べている。食べるんだ……。そういえば子供たちに作ってあげたり、面倒を見たりするばかりで、ぶたぶたが食べているところの記憶がない。

だが氷イチゴではなく、練乳がけを食べていた。

「イチゴのシロップは大変なの。赤いシミを落とすのが」

冗談かと思ったが、すぐにプールの塩素の話を思い出す。あの時も、ごまかしたんじゃなくて、ちゃんと話してくれたんだな。

　ぶたぶたさんは、やっぱり変わらない。でも――。

「俺、変わったでしょう？」

　威圧感を演出することばかり、考えていたから。

「そうかな？　まあ外見はそうかもしれないけどね」

「……彼女も変わりましたか？」

「うーん……きれいになったよ。父親から言うのもなんだけど」

　ぶたぶたは、ちょっと自慢げだった。

「背は伸びましたか？」

　気にしていたけれども。

「まあ、高からず低からずってとこかなあ。妹の方が高くなっちゃったね。僕よりも大きいことは確かだけど」

　それは見れば、誰でもわかる。

「でも、そんなすごく変わったわけじゃないよ。一司くんに会ったら、きっと喜ぶ」

「そうですか」

　結婚祝いを贈らなくては。

「ぶたぶたさんは……変わりませんね」

ついに正直に言ってみた。そうとしか見えなかったから。

「僕は変わらないっていうか、変われないのかもしれないね」

ぶたぶたは、練乳がけのかき氷を食べ終えた。きれいになくなった器の中身を見て、改めてすごいものを見た、と思った。もっと食べる様子を観察すればよかった。

「そう……ですか?」

「でも、そういうのもいいかな、と思う時もあるよ」

ぶたぶたが言いたいことはよくわからなかったけれども――彼が変わらないでいてくれることは、一司にとってとてもうれしく、そしてなぜか、ありがたく思えることだった。でもそれは、自分だけでなく、彼女も、その他たくさんの人も、みんなそう思っているのではないだろうか。

「母と会ったら、また訪ねてもいいですか? みんなに謝らなくちゃ」

「いいよ。お母さんの具合がよければ、二人でおいで」

母がどんな顔をするのか、早く見てみたかった。

「彼女によろしく伝えてください」

「わかったよ。今度はみんなで会おうね」

「はい」

夏休みの宿題がやっと終わった。母に会える。

「じゃあ——宇治金時、食べる？」

「はい。いただきます」

蟬の声が聞こえてきた。氷を削る軽快な音と重なる。どこかから子供たちの声も。そろそろこの家にも近所の子供たちが遊びにやってくるのだろう。

何だか気持ちよくて切なくて、泣きたくなってくる。

こんな夏がもう一度自分に訪れるとは思ってもみなかった。だから——子供の頃に戻ったつもりで、母と会おう。そして、言えなかった思いを伝えよう。

「会いたかった」と。

ただそれだけを。

あとがき

こんにちは。矢崎存美です。

ぶたぶたも、紆余曲折《うよきょくせつ》ありながら、もうすでに六作目となりました。光文社文庫では、二冊目です。

これもすべて、ずっとぶたぶたをごひいきにしてくださるファンのみなさんのおかげです。どうもありがとうございます。

解説を書いてくださった西澤保彦《にしざわやすひこ》さんにも御礼申し上げます。西澤さんに解説を書いていただくことは、念願でありました。しかも肩書きがっ、何と「全日本ぶたぶた普及委員会会長」さん！　いつもいつも大変お世話になっております。ぶたぶたの謎について、深く深く考察してくださっています。私よりもぶたぶたのことをご存じなのではないか、と密かに思っておりますが、いかがでしょうか？

光文社の藤野哲雄さん、表紙イラストの手塚リサさんにも、お世話になりました。いろいろ悩ませてすみません。

――と、忘れないうちにお礼などもろもろ言っておかねば。私は最近、とても忘れっぽいのです。トリ頭ならぬ、ザル頭、と言ってもいいくらい――って、これも昔書いた気がします……。

そうです、さらに忘れないうちに業務連絡（？）。ぶたぶたを読んだ方からのメールなどで、

「ぶたぶたのぬいぐるみが、あったらぜひ欲しい」

というのがとても多いのですが、ありますよ。昔の本のあとがきなどでは、その時点のことを書いてしまっているので、「もうない」と思っている方もいらっしゃるんじゃないでしょうか。なので、今現在（二〇〇五年六月）のことをちゃんと書いておこうと思います。

ぶたぶたのモデルになったぬいぐるみは、〝ショコラ〟といって、モン・スイユというぬいぐるみメーカーから発売されています。モデルになったものとは若干素材や色な

どは違いますが、手触りのよさとかわいい点目はそのままです。大きなおもちゃ屋さんやデパート、雑貨店などでも売られています。モン・スイユやネットの通販サイトへ、私のホームページのトップから飛べるようになっております。

ちなみにぶたぶたのサイズはMです。右耳はそっくり返ってはおりません。私が買ったものが、たまたまそうなっていただけです。


ええと……あと忘れていることは……あ、今回の作品は、いつも大変好評な「食べ物」をテーマにしてみました。今までのぶたぶたにも、一冊に何回かは彼が何か食べたり作ったりするシーンがあるのですが、今回はそれをメインにしたのです。

こんな小説を書いたりすると、私もぶたぶた並みに料理が得意だとか思われそうですが、違うのです……。主婦なので一応やりますけど、実は料理を作るのはあまり好きではありません。ていうか、段取りが憶えられないのです……。壁に夕飯のメニューと作り方とその段取りを表にして貼りだして見ながら作っても、やること一つは必ず抜かすという——壊滅的に散漫な人間なので、好きじゃないとか苦手というより、料理に向いてないみたいなのです……。一つだけいっしょうけんめい作るのはいいんですけど、何品も作るとなると、わたわたしてしまうのですよ。

でも、おいしいものを食べるのは大好き。食べ物のことや、料理のシーンを書くのも大好き。読むのも大好き。食いしんぼであることは確かです。というより、食い意地がはっている、と言うべきか。大食漢というほどではありませんが。

今回も、実在のお店やメニューを出してみました。大好きなものばかりです。思い出すと、お腹の空くものばかり。おいしい食べ物って、考えるだけでもいい気分になれます。

この作品を読んで、「お腹空いた、何か食べたい」、あるいは「ぶたぶたに何か作ってもらいたい」と思ってくれる人がいれば、私も幸せです。

解説――決して抜け出せない日常の狭間で見え隠れする桜色に関する一考察

西澤保彦《にしざわやすひこ》
（作家／全日本ぶたぶた普及委員会会長）

ひとの心って、もしかしたらメビウスの環のようなものかもしれない――って。のっけからワケの判らぬ譬《たと》えですみません。

以前テレビの情報番組で紹介されていた、こんなお話から始めてみたいと思います。録画していないので曖昧な記憶に頼って書きますが、ドイツでは救急車にクマのぬいぐるみを常備してあるのだそうです。例えば交通事故などで大怪我をした患者さんは意識がある場合、往々にしてショック状態で混乱しきっている。病院へ搬送するまでのあいだその患者さんにクマのぬいぐるみを見せたり抱っこさせたりして興奮を和《やわ》らげ、落ち着かせるためで、この措置《そち》がその後の本格的な治療に好影響を及ぼすケースも珍しくないのだとか。

この話を聞いて「子供ならともかく、いい大人がぬいぐるみなんかで」と失笑される向きは、多分あまりいらっしゃらないと思います。むしろ「あ、そうなんだ。そういうのって、オレだけじゃないんだ」と大いに共感される方のほうが多いのではないでしょうか。実はわたしもそうです。短気で僻《ひが》みっぽく、愚痴ってばかりいる厭世的な世帯主（わたしのことで

す）がなるべく平常心でいられるように我が家の至るところで、ぬいぐるみたちは溢れています。玄関からリビングまで。特に寝室はまるまる一畳分、ぶたぶたさん（矢崎存美さんからいただいたショコラLL）、手乗りウサギ（ショコラと同じモン・スイユのモニカSSシリーズ）、そしてクマ（シュタイフのカドリーベア）その他が占領しています（写真参照）。これで全体の三分の一くらいかな。ルサンチマンの塊りで昼間からアルコールに溺れるわたしがなんとか犯罪者にもならず自殺もせずに、どうにかこうにか毎日やってゆけるのは、まちがいなくこの子たちのお蔭です。

しかしどうしてなのでしょう。単なるつくりもののはずのぬいぐるみに、なぜこんな不思議な力があるのでしょう？　実際には人格も生命も持たない、ただのモノであると知りすぎるほど知っている我々が、ふと気がついてみるとこんなにも彼らに依存している。それは単に可愛いからだとか、いまふうに言えば「癒される」からだとか、そういう次元の問題ではないとわたしは思います。

まさに彼らが「モノであるがゆえに」という考え方もできるでしょう。長く辛い人生の道程、わたしたちは「いつまでも変わらないでいてくれる存在」を希求します。親子関係を見てみると判りやすいでしょう。子供は、親が常に不動の価値体系に裏打ちされた絶対的存在であるという前提に立って自我を形成し、成長してゆきます。もちろん親だって人間である以上、精神的にせよ物理的にせよ永遠に不変なんてことはあり得ないのですが、思春期における子供にとってはたとえ錯誤にせよ、その前提が必要不可欠なのです。例えば両親が破産したり離婚したり急逝したりして子供がショックを受けるのは、単に経済的に苦しくなるからとか哀しいからという以前に「不変であるはずの偶像もいつかは瓦解《がかい》する」という残酷な現実に直面するからでしょう。信心するにせよ無神論を貫くにせよ、人類が常に神という絶対者について考察せずにはいられないのもまったく同じ構図です。

では大人になって「自分も含めて人間とは変わるもの」という普遍的真理さえ学べば、我我は「いつまでも変わらないでいてくれる存在」という幻想から解放されるのでしょうか？いいえ。むしろわたしたちは歳を重ねるごとにますます「変わらないでいてくれる他者」に救いを求めるようになります。その理由は単純明快で、要するに我々は「変わってしまう自分」が怖いのです。でも「変わる自分」を止めることはできない。そこでわたしたちは「変わらない自分」という幻影を外在化することにより、なんとか希望をつなぎとめようとします。単なるモノであるはずのぬいぐるみに「癒される」要因のひとつは、まちがいなくここにあると言えましょう。ぬいぐるみだけではない。人間関係とはすべてこの「不変という幻想」を他者に託す「自我の外在化」に他なりません。

「外在化」という表現を、もっと日常的に判りやすく翻訳すれば、それは「愛情」や「友情」はたまた「恋愛感情」になります。より正確に言うなら、わたしたちが「愛」全般と取り違えやすいなにかです。だからこそ子供の自立に伴い親は傷つくし、長年連れ添った夫婦は必ずいきちがう。よく恋愛ドラマなどで「あなたは変わってしまった。もう以前のあなたじゃない」なんて決め科白《ぜりふ》を耳にしませんか。こんなにもあなたに期待（＝依存＝偶像化）してたのに、わたしは裏切られてしまったと相手をなじるわけですが、人間とは不可避的に変わるものなのだから、お互いの非の有無は別として、こんな責め方をするのは傲慢《ごうまん》でしょう。とはいえ、では傲慢だと批判する資格は誰にあるのか？　これこそ人類の悲劇的な袋小路です。

「自分が変わるのは仕方ないけれど、相手はいつまでも変わらないでいて欲しい」というのがわたしたちの偽らざる本音なのです。そんなことはあり得ないと理屈では判っていても、ふと気がつくと身体はその前提で行動している。この現実こそが、人間関係全般を巡るすべてのトラブルの原因であるといっても過言ではありません。

わたしたちは「変わらざるを得ない自分」に対し、さながら出口のないトンネルのなかに閉じ込められたような恐怖を覚えます。なんとかそこから抜け出そうと足掻《あが》いた末、辿《たど》り着くのが「永遠の不変という幻想を体現してくれる存在」の発見（通常、友情や尊敬の念、恋愛感情などの芽生えと認識される）です。しかし他者（＝偶像）に救いを求めるこの方法は、不可避的に裏切られる。相手は相手で、同じ外在化によって別の他者に虚《むな》しい救いを求めているからです。因果は巡り巡って、自分もまた他者から幻想を押しつけられるだけ。友人や恋人を得ることで「やっと抜け出せた」と思うのは刹那的な錯覚にすぎない。この人生、どこにも出口はありません。抜け出そう、抜け出そうと足掻いてみんな、他者の背中ばかりを追いかける。ひとの心がまるでメビウスの環のようだと冒頭で述べたのは、つまりこういうことなのです。

さて。ここまで読んで「あ。なるほど。我々がぶたぶたさんの物語に癒されるのは、彼がいつまでも変わらないでいてくれる存在だからなんだね」と早合点される方もいらっしゃるのではありませんか？　いいえ。それは断じてちがいます。わたしが延々とこんな長い前ふりを書きつらねてきたのは、〈ぶたぶたシリーズ〉が、そんな「底の浅い癒しの物語」だと過小評価される事態（実例が少なくない）をもっとも懸念するからです。

たしかに、いくら喋って動くとはいえ、ぬいぐるみ。ぶたぶたさんを「いつまでも変わらないでいてくれる存在」と思い込んでも無理もない面はあります。実際ぶたぶたさん自身、本書収録の第四話「最後の夏休み」のなかでこう発言している。

「僕は変わらないっていうか、変われないのかもしれないね」

　そしてそれを聞いた主人公の一司が、彼が変わらないでいてくれることをとてもうれしく、ありがたく思った、とする記述が続く。なーんだ、じゃあやっぱりそうじゃないか、と早合点してはいけません。未読の方の興を削ぐといけないので簡単に説明しますが、このエピソードの要《かなめ》は、一司が母親との再会を果たす心の準備をするため、ぶたぶたさんとひととき擬似的な親子関係を結ぶところにあります。「最後の夏休み」というタイトルが如実に暗示するように、すでに成人の一司はここで一時的に子供のメンタリティに立ち返るため、眼前にいるぶたぶたさんが「昔とちっとも変わっていなかった」という錯誤をどうしても必要としたのです。ここで重要なポイントは「でも、そういうの（変われないということ）もいいかな、と思う時もあるよ」というぶたぶたさんの言葉を、一司が「よくわからなかった」と述べるくだり。これは、成長期において「親は不変の存在」という前提で生きる子供が「親もまたときには思い悩む」という人間臭い側面から、意識的にせよ無意識的にせよ、眼を逸《そ》らせることで己れの立場を担保する傾向を想起させます。

　一司は決して、ぶたぶたさんが「不変であったから癒された」わけではない――これが重要な点です。ここを読み違えてはいけません。そもそもぶたぶたさんが「いつまでも変わらないでいてくれる存在」という錯覚に我々が容易に陥《おちい》るのは、その愛らしいぬいぐるみとしての外見ゆえであって、そこから彼の内面へ分け入れるわけではない。これは実は他の一般的な人間関係の節理と、なんら差異はないのです。それは本書収録第三話「ここにいてくれる人」をじっくり読んでみれば明らかでしょう。「ぶたぶたさんは、何でも癒してくれる魔法の存在ではないんだよ」という久美子の言葉の意味、その深さは取り違えようがありません。まさしく「彼は、医者でも神様でもない。病気を治すのは自分」なのですから。

錯覚したっていいじゃないか、いまのオレにはその幻想が必要なんだよ……そう叫びたくなる瞬間は誰にもあるはずです。前述したように、そのこと自体を批判してもなんの意味もない。ないんだけれど、例えばそんなとき、ぶたぶたさんのこんな言葉を憶い出してみるのも決して損ではありますまい。

「味方になれるなら、なりたいけど……あの子が望んでいるようなものには、何だかなれそうにない気がするよ」（徳間デュアル文庫『刑事ぶたぶた』所収「ラパゥランドへ行って」より）

あるときはベビーシッター、あるときはタクシー運転手、あるときはフレンチレストランのシェフ、あるときは刑事、あるときはカフェの雇われマスター、あるときは定食屋の従業員、あるときはサンタクロース、あるときはサラリーマン、あるときは二児の父、あるときは夫、そしてまたあるときは記憶喪失者。さまざまな転職、転生をくりかえす、謎の「山崎ぶたぶた」。彼の謎とは実は、あなたの謎であり、わたしの謎。人間の自己存在がかかえる普遍的な謎でしかありません。そう。彼もまた「メビウスの環」のなかにいるのです。あなたや、そしてわたしと同じように。彼は決して「出口」を我々に与えてくれる都合のいい魔法使いなどではありません。わたしたちと同じように「環」のなかをぐるぐる、往ったり来たりするだけ。でも。

でも、そんな彼の物語がもしもわたしたちにとって、作者矢崎存美さんからのすてきな桜色の贈りものなのだとすれば、辛くて虚しいだけとしか思えないわたしやあなたの人生もまた同じように誰かからのすてきな贈りものだと考えても、なんら差し支えはない。そうではありませんか？　わたしたちがほんとうに「癒される」のだとすれば、その厳しい現実をしっかり踏まえた上の話だと、きっとぶたぶたさんも思っているはず。わたしはそう夢想するのです。

光文社文庫

文庫書下ろし／連作ファンタジー
ぶたぶたの食卓《しょくたく》
著者　矢《や》崎《ざき》存《あり》美《み》

2005年7月20日　初版1刷発行
2012年8月15日　4刷発行

発行者　駒井　稔
印刷　慶昌堂印刷
製本　ナショナル製本

発行所　株式会社光文社
〒112-8011　東京都文京区音羽1-16-6
電話　(03)5395-8149　編集部
8113　書籍販売部
8125　業務部
振替　00160-3-115347

ISBN978-4-334-73905-8　Printed in Japan

お願い　光文社文庫をお読みになって、いかがでございましたか。「読後の感想」を編集部あてに、ぜひお送りください。

このほか光文社文庫では、どんな本をお読みになりましたか。これから、どういう本をご希望ですか。どの本も、誤植がないようつとめていますが、もしお気づきの点がございましたら、お教えください。ご職業、ご年齢などもお書きそえいただければ幸いです。当社の規定により本来の目的以外に使用せず、大切に扱わせていただきます。

光文社文庫編集部